本丛书出版得到以下研究机构和项目经费资助：

嘉应学院客家研究院

梅州市客家研究院

中国侨乡（梅州）研究中心

广东客家文化普及与研究基地

广东省特色重点学科"客家学"建设经费

嘉应学院第五轮重点学科"中国史"建设经费

广东省客家文化研究基地—嘉应学院客家研究院

广东省非物质文化遗产研究基地—嘉应学院客家研究院

理论粤军·广东地方特色文化研究基地—客家文化研究基地

广东省普通高校人文社会科学省市共建重点研究基地—嘉应学院客家研究院

客家学研究丛书

第八辑

客家童谣美学赏析
与美育创作

黄日新　周云水　编著

暨南大学出版社
JINAN UNIVERSITY PRESS

中国·广州

图书在版编目（CIP）数据

客家童谣美学赏析与美育创作 / 黄日新，周云水编著．—广州：暨南大学出版社，2025.2

（客家学研究丛书．第八辑）

ISBN 978 - 7 - 5668 - 3948 - 0

Ⅰ．①客⋯　Ⅱ．①黄⋯②周⋯　Ⅲ．①客家人—儿歌—诗歌研究　Ⅳ．① I207.8

中国国家版本馆 CIP 数据核字（2024）第 110778 号

客家童谣美学赏析与美育创作
KEJIA TONGYAO MEIXUE SHANGXI YU MEIYU CHUANGZUO
编著者：黄日新　周云水

出 版 人：阳 翼
策划编辑：杜小陆 刘宇韬
责任编辑：刘宇韬
责任校对：刘舜怡
责任印制：周一丹 郑玉婷

出版发行：暨南大学出版社（511434）
电　　话：总编室（8620）31105261
　　　　　营销部（8620）37331682 37331689
传　　真：（8620）31105289（办公室）　37331684（营销部）
网　　址：http://www.jnupress.com
排　　版：广州良弓广告有限公司
印　　刷：广州市友盛彩印有限公司
开　　本：787mm×960mm　1/16
印　　张：16.25
字　　数：250 千
版　　次：2025 年 2 月第 1 版
印　　次：2025 年 2 月第 1 次
定　　价：69.80 元

总　序

　　客家文化以其语言、民俗、音乐、建筑等方面的独特性，尤其是客家人在海内外社会经济发展中的突出贡献，引起了历史学、人类学、民俗学和语言学等诸多学科领域内学者的关注。而随着西方人文学科理论和研究方法在 20 世纪初传入我国，客家历史与文化研究也逐渐进入科学规范的研究行列，并相继出现了一批具有开创性的研究成果。1933 年，罗香林《客家研究导论》的出版，标志着客家研究进入了现代学术研究的范畴。20 世纪 80 年代以来，著作、论文等研究成果的推陈出新，也在呼吁学界能够设立专门的学科并规范客家研究的科学范式。

　　作为国内较早成立的专门从事客家研究的机构，嘉应学院客家研究院用二十五载的岁月，换来了客家研究成果在数量上空前的增长，率先成为客家学研究的重要阵地，也引起了国内外学术界的高度关注。但若从质的维度来看，当前的客家研究还面临一系列有待思考及解决的问题：客家学研究的主题有哪些？哪些有意义，哪些纯粹是臆测？这些主题产生的背景是什么？它们是如何通过社会与历史的双重作用，而产生某些政治、经济乃至文化权力的诉求与争议的？当代客家研究如何紧密结合地方社会发展的需要，又如何与国内外其他学科对话与交流？诸如此类的疑惑，需要从理论探索、田野实践和学科交叉等层面努力，以理论对话和案例实证作为手段，真正实现跨区域和多学科的协同创新。

一、触前沿：客家学研究的理论探索

　　当前的客家学研究主要分布在人文社会科学的诸多学科范围之内，所以开展卓有成效的客家研究自然需要敢于接触不同学科领域的学术理论。比如，社会学科先后出现过福柯的权力理论、布尔迪厄的实践理论、吉登斯的结构化理论、鲍曼的风险社会理论、哈贝马斯的沟通行动理论、卢曼的系统理论、科尔曼的理性选择理论和亚历山大的文化社会学理论。社会科学研究经常需要涉及的热点议题，在客家研究中同样不可回避，比如社会资本、新阶层、互联网、公共领域、情感与身体、时间与空间、社会转型和世界主义。再比如，社会学关于移民研究的推拉理论、人类学对族群研究的认同与边界理论以及社会转型与文化变迁的机制，都可以具体应用到客家研究上，并形成理论对话而提升客家研究的高度。在研究方法上，人文社会科学提倡的建模、机制与话语分析、文化与理论自觉等前沿手段，都可以遵循"拿来主义"的原则为客家研究所用。

总序可以说，客家研究要上升为独具特色的独立学科，首先要解决的便是理论对话和科学研究的范式问题。客家学作为一门融会了众多社会人文学科的综合性学科，既不是客家史，也不是客家地区政治、经济、文化等内容的汇编或整合，而是一门以民族学基础理论为基础，又比民族学具有更多独特特征、丰富内容的学科。不可否认的是，客家研究具有自身独特的学术传统，但要形成自身的理论构架和研究方法，若离开历史学、文献学、考古学、人类学、语言学、社会学、民俗学等诸多学科理论的支撑，显然就是痴人说梦。要在这方面取得成绩，则非要长期冷静、刻苦、踏实、认真潜心研究不可。如若神不守舍、心动意摇，就会跑调走板、贻笑大方。在不少人汲汲于功名、切切于利益、念念于职位的当今，专注于客家研究的我们似乎有些另类。不过，不管是学者应有的社会良知与独立人格，还是人文学科秉持的历史责任与独立思考的精神，都激励我们坚持实事求是的原则，在触碰前沿理论上不断探索，以积累学科发展所需的坚实理论。

要做到这一点，就得潜下心来大量阅读国内外学术名著，了解前沿理论的学术进路和迁移运用，使客家研究能够进入国际学术研究对话的行列。

二、接地气：客家研究的田野工作

学科发展需要理论的建设与支撑，更离不开学科研究对象的深入和扩展，而进入客家人生活的区域开展田野工作，借助从书斋到田野再回到书斋的螺旋式上升的研究路径，客家研究才能做到"既仰望星空又能接地气"，才能厚积薄发。

人类学推崇的田野工作要求研究者通过田野方法收集经验材料的主体，客观描述所发现的任何事情并分析发现结果。[①] 田野工作的目标要界定并收集到自己足以真正控制严格的经验材料，所以需要充分发挥参与观察、深度访谈和问卷调查的手段。从学科建设和学科发展的角度，客家族群的分

---

① 托马斯·许兰德·埃里克森著，周云水、吴攀龙、陈靖云译：《什么是人类学》，北京：北京大学出版社，2013年，第65—67页。

布和文化多元特征，决定了客家研究对田野调查的依赖性。这就要求研究者深入客家乡村聚落，采用参与观察、个别访谈、开座谈会、问卷调查等方法调查客家民俗节庆、方言、歌谣等，收集有关客家地区民间历史与文化丰富性及多样性的资料。

而在客家文献资料采集方面，田野工作的精神同样适用。一方面，文献资料可以增加研究者对客家文化的理解，还可以对研究者的学术敏感和问题意识产生积极影响；另一方面，田野工作既增加了文献资料的来源，又能提供给研究者重要的历史感和文化体验，也使得文献的解读可以更加符合地方社会的历史与现实。譬如，到图书馆、档案馆等公藏机构及民间广泛收集对客家文化、客家音乐、客家方言等有所记载的正史、地方志、文集、族谱及已有的研究成果等。田野调查需要入村进户，因此从具有深厚文化传统的客家古村落入手，无疑可以取得事半功倍的效果。

在客家地区开展田野调查，需要点面结合才能形成质量上乘的多点民族志。20 世纪 90 年代，法国人类学家劳格文与广东嘉应大学（2000 年改名为嘉应学院）、韶关大学（2000 年改名为韶关学院）、福建省社会科学院、赣南师范学院、赣州市博物馆等单位合作，开展"客家传统社会"的系列研究。他在长达十多年的时间里，辗转于粤东、闽西、赣南、粤北等地，深入乡镇村落，从事客家文化的田野调查。到 2006 年，这些田野调查的成果汇集出版了总计 30 余册的"客家传统社会"丛书，不仅集中地描述客家地区传统民俗与经济，还具体地描述了传统宗族社会的形成、发展和具体运作及其社会影响。

2013 年以来，嘉应学院客家研究院选择了多个历史悠久、文化底蕴深厚的古村落，以研究项目的形式开展田野作业，要求研究人员采用参与观察、深度访谈、文献追踪等方法，对村落居民的源流、宗族、民间信仰、习俗等民间社会与文化的形成与变迁进行深入的分析和研究，形成对乡村聚落历史文化发展与变迁的总体认识。在对客家地区文化进行个案分析与研究的基础上，再进行跨区域、跨族群的文化比较研究，揭示客家文化的区域特征，进而梳理客家社会变迁和文化发展过程。

闽粤赣是客家聚居的核心区域，很多风俗习惯都能够找到相似的元素。就每年的元宵习俗而言，江西赣州宁都有添丁炮、石城有灯彩，而到了广东的兴宁市和河源市和平县，这一习俗则演变为"上灯"，花灯也成了寄托客家民众淳朴愿望的符号。所以，要弄清楚相似的客家习俗背后有何不同的行动逻辑，就必须用跨区域的视角来分析。这一源自田野的事例足以表明田野调查对客家学研究的重要性。

无论是主张客家学学科建设应包括客家历史学、客家方言学、客家家族文化、客家文艺、客家风俗礼仪文化、客家食疗文化、客家宗教文化、华侨文化等，[①] 还是认为客家学的学科体系要由客家学导论、客家民系学、客家历史学、客家方言学、客家文化人类学、客家民俗学、客家民间文学、客家学研究发展史八个科目为基础来构建，客家研究都无法回避研究对象的固有特征——客家人的迁徙流动而导致的文化离散性，所以在田野调查时更强调追踪研究和村落回访[②]。只有夯实田野工作的存量，文献资料的采集才可能有溢出其增量的效益。

三、求创新：客家研究的学科交叉

学问的创新本不是一件易事，需要独上高楼，不怕衣带渐宽，耐得住孤独寂寞，一往无前地上下求索。客家研究更是如此，研究者需要甘居边缘、乐于淡泊、自守宁静的治学态度——默默地做自己感兴趣的学问，与两三同好商量旧学、切磋疑义、增益新知。

客家研究要创新，就需要综合历史学、人类学、语言学、音乐学、社会学等学科理论和方法，对客家民俗、客家方言、客家音乐等进行综合分析和研究，以学科交叉合作的研究方式，形成对客家族群全面的、客观的总体认识。

客家族群作为中华民族共同体的一个重要支系，在其形成和发展过程中融合多个山区民族的文化，形成独具特色的文化体系。建立客家学学科，科学地揭示客家族群的个性和特殊性，可以加深和丰富对中华民族的认识。用客家人独特的历史、民俗、方言、音乐等本土素材，形成客家学体系并进一步建构客家学学科，将有助于促进中国人文社会科学本土化的发展，从而为中国人文社会科学的发展和繁荣作出应有的贡献。客家人遍布海内外 80 多个国家和地区，客家华侨华人 1 000 余万，每年召开一次世界性的客属恳亲大会，在全世界华人中具有重要影响。粤东梅州是全国四大侨乡

---

① 张应斌：《21 世纪的客家研究——关于客家学的理论建构》，《嘉应大学学报》，1996 年第 4 期。

② 康拉德·菲利普·科塔克著，周云水译：《文化人类学——欣赏文化差异》，北京：中国人民大学出版社，2012 年，第 457-459 页。

之一，历史遗存颇多，文化积淀深厚，华侨成为影响客家社会历史和文化发展的重要因素。建立客家学学科，将进一步拓宽华侨华人研究领域，有助于华侨华人与侨乡研究的深入发展。

在当前客家学研究成果积淀日益丰厚、客家研究日益受到社会各界重视的情况下，总结以往研究成果，形成客家学学科理论和方法，构建客家学学科体系，成为目前客家学界非常紧迫而又十分重要的任务。

嘉应学院客家研究院敢啃硬骨头，在总结以往研究成果的基础上，完成目前学科建设条件已初步具备的客家文化学、客家语言文字学、客家音乐学等的论证和编纂，初步建构客家学体系的分支学科。具体而言，客家文化学探讨客家文化的历史、现状和未来并揭示其发生、发展规律，分析客家族群的物质文化、制度文化和精神文化的产生、发展过程及其特征。客家语言文字学探讨客家方言的语音、词汇、语法、文字等的特征，展示客家语言文字的具体内容及其社会意义。客家音乐学探讨客家山歌、汉剧、舞蹈等的发生、发展及其特征，揭示客家音乐的具体内容和社会意义。

客家族群是汉民族的一个支系，研究时既要注意到汉文化、中华文化的普遍性，又要注意到客家文化的独特性，体现客家文化多元一体的属性。客家学研究的对象，决定客家学是一门融合历史学、民俗学、方言学、音乐学、社会学等众多社会人文学科的综合性学科。如何形成跨学科的客家学研究理论与方法，是客家研究必须突破的重要问题。唯有明确客家学研究的基本概念、理论和方法，并通过广泛的田野调查和深入的个案研究，广泛收集关于客家文化、客家方言、客家音乐等各种资料，从多角度进行学科交叉合作的分析和研究，才能实现创新和发展。

嘉应学院地处海内外最大的客家人聚居地，具有开展客家学研究得天独厚的地缘优势。1989 年，嘉应学院的前身嘉应大学率先在全国建立了专门性的校级客家研究机构——客家研究所。2006 年 4 月，以客家研究所为基础，组建了嘉应学院客家研究院、梅州市客家研究院。因研究成果突出、社会影响大，2006 年 11 月，客家研究院被广东省社会科学界联合会评为"广东省客家文化研究基地"；2007 年 6 月，被广东省教育厅评为"广东省普通高校人文社会科学省市共建重点研究基地"。之后其又被广东省委宣传部、广东省社会科学院评为"广东地方特色文化研究基地——客家文化研究基地"，被广东省文化厅评为"广东省非物质文化遗产研究基地"，被广东省教育厅评为"广东省粤台客家文化传承与发展协同创新中心"；还经国家民政部门批准，在国家一级学会"中国人类学民族学研究会"下成立了"客家学专业委员会"。

2009 年 8 月，在昆明召开的第 16 届国际人类学大会上，客家研究院成功组织"解读客家历史与文化：文化人类学的视野"专题研讨会，初步奠定了客家研究国际化的基础。2012 年 12 月，客家研究院召开了"客家文化多样性与客家学理论体系建构国际学术研究会"，基本确立了客家学学科建设的基本途径和主要方法。另外，1990 年以来，嘉应学院客家研究院坚持每年出版两期《客家研究辑刊》（现已出版 45 期），不仅刊载具有理论对话和新视角的论文，也为未经雕琢的田野报告提供发表和交流的平台。自1994 年以来，客家研究院承担国家社会科学基金项目 2 项，广东省哲学社会科学规划项目等 20 余项，出版《客家源流探奥》①等著作 50 余部，其中江理达等的著作《兴宁市总体发展战略规划研究》②获广东省哲学社会科学优秀成果一等奖，肖文评的专著《白堠乡的故事——地域史脉络下的乡村建构》③获广东省哲学社会科学优秀成果二等奖，房学嘉的专著《粤东客家生态与民俗研究》④获广东省哲学社会科学优秀成果三等奖。深厚的研究成果积淀，为客家学学科建设奠定了坚实的理论基础。经过几代人的不懈努力，嘉应学院的客家研究已经具备了在国际学术圈交流的能力，这离不开多学科理论对话的实践和田野调查经验的积累。

客家学研究丛书的出版，既是客家研究在前述立足田野与理论对话"俯仰之间"兼顾理论与实践的继续前行，也是嘉应学院客家学研究朝着国际化目标迈出的坚实步伐。"星星之火，可以燎原"，这套丛书包括学术研究专著、田野调查报告、教材、译著、资料整理等，体现了客家学学科建设的不同学术旨趣和理论关怀。古人云，"不积跬步，无以至千里；不积小流，无以成江海"，我们愿意从点滴做起。希望丛书的出版，能引起国内外客家学界对客家学学科体系建设的关注，促进客家学研究的科学化发展。

编　者

2014 年 8 月 30 日

---

① 房学嘉：《客家源流探奥》，广州：广东高等教育出版社，1994 年。

② 江理达、邱国锋主编：《兴宁市总体发展战略规划研究》，广州：广东教育出版社，2009 年。

③ 肖文评：《白堠乡的故事——地域史脉络下的乡村建构》，北京：生活·读书·新知三联书店，2011 年。

④ 房学嘉：《粤东客家生态与民俗研究》，广州：华南理工大学出版社，2008 年。

目　录

客家童谣赏析

经典客家童谣

新编客家童谣

赏析

客家童谣

客家童谣的美学价值

童谣的历史悠久。《诗经·魏风·园有桃》将"谣"与"歌"并举，"心之忧矣，我歌且谣"①。《毛诗诂训传》则将是否"合乐"作为区分"歌"与"谣"的关键，"曲合乐曰歌，徒歌曰谣"②。歌谣实际上包含了有乐曲相配的"歌"和无乐曲相配的"谣"，童谣从属于歌谣，是"传唱于儿童之口的没有乐谱的歌谣"③。

清代杜文澜将儿谣、女谣、小儿谣、婴儿谣等都归入童谣。④童谣是民间文学中一朵最古老、最绚烂的花朵，具备民间文学的基本特征：没有具体的作者，是民众集体创作，具有集体性；发生于口头，存在于口头，具有口头性；没有文字记载，通过口耳相传的方式流传，具有变异性。⑤童谣隶属于儿歌。童谣是民间儿童或母亲所传唱的歌谣，儿歌是专门为儿童创作的歌曲。岭南客家分散地聚居于韶关、河源、惠东、梅州、揭西等地，广泛传唱以《月光光》《点指人堂》《萤火虫》为代表的童谣。岭南客家童谣按内容、形式可分为催眠曲、顺口溜、绕口令、游戏歌、连锁调、问答歌、数数歌、谜语歌、滑稽歌、风俗歌、时令歌、动植物歌、生活歌、劳动歌、戏谑歌、逗乐歌、劝诫歌、时政歌等，虽然不同地域的客家童谣会略有差别，但总体来说，均保留了古汉语语音，声调丰富，念诵起来抑扬顿挫。

客家童谣是在符合儿童理解能力、生活经验、心理特点和欣赏趣味的前提下，以客家方言为载体，用简洁生动的韵语创作，并长期流传于客家地区的一种无音乐相伴的口头短歌。客家童谣对赋比兴表现手法的运用，与《诗经》有很大程度的契合。客家童谣大致可分成教育类童谣、娱情类

① 周振甫译注：《诗经译注》，北京：中华书局，2002年，第151页。
② 李学勤：《十三经注疏·毛诗正义》卷一，北京：北京大学出版社，1999年，第365页。
③ 雷群明、王龙娣：《中国古代童谣》，上海：上海文艺出版社，2003年，第3页。
④ 杜文澜辑，周绍良校点：《古谣谚》，北京：中华书局，1958年，凡例。
⑤ 王金禾：《鄂东民间童谣研究》，武汉：武汉大学出版社，2015年，第3页。

童谣、生活类童谣、游戏类童谣、风俗类童谣、知识类童谣、时政类童谣七种类型。客家童谣取材于客家地区儿童日常生活中各种各样的事物，其幽默诙谐的内容、朗朗上口的歌词韵律，还有丰富的方言字韵腔调都让儿童乐于欣赏并尝试演唱。同时，客家童谣蕴含的丰富音乐元素可以让音乐课堂更加丰富多彩，歌唱活动更加生动活泼。①

一、客家童谣的"童心美"

民间歌谣是"民众的诗歌，是他们生活的写照，是他们认识、欲求的表白，是他们艺能的表演"。②童谣是指传唱在儿童之间的没有乐谱的民间歌谣。这些出自市井之口的短小歌谣既是社会生活的镜像，也是方言土语的宝藏，更是历史的一种见证。童谣是儿童群聚集会时"嬉游遨戏之言"，是其游兴所至的自发之作，不仅语言"韵而有理"，而且文本内容"有益于世教"，具有寓教于乐的教化作用。童谣不仅使儿童在游戏中表达了自我意识，锻炼了身体，参与了社交活动，享受到了童年的快乐，而且可以使他们在这种唱诵童谣的游戏中学到生活必需的知识和技能。生活赋予儿童最主要的任务是通过各种方式认识世界、锻炼自我，掌握社会生活的基本知识和技能，学习各种知识。③吴冬梅总结出客家童谣在儿童乡土教育中能够起到启蒙幼儿、教化心智的作用，对儿童而言具有丰富的语言、艺术、社会等教育价值。④

1. 客家童谣的真实美

"童心说"作为李贽文艺美学思想的核心观念，其中心是强调文学创作要具备"绝假纯真"的真实美，反对以"假言"言"假事"的"义理"文章。李贽认为，没有接受过程朱理学"义理"教育的儿童是具备"童心"

① 黎欣：《客家童谣融入小学歌唱教学的探索与实践——以赣州市大余县东门小学为例》，赣南师范大学硕士学位论文，2021年，第1—6页。
② 钟敬文：《民间文艺谈薮》，长沙：湖南人民出版社，1981年，第105页。
③ 郑蕙苢：《温州童谣研究》，杭州：浙江大学出版社，2011年，第1—10页。
④ 吴冬梅：《客家童谣的特点及其教育价值》，《学前教育研究》，2012年第1期，第67—69页。

的，他们敢于表达自己的真情实感。童谣作为一种具有民间文学和儿童文学双重特征的文学样式，也很自然地成为民间儿童抒发真情实感的重要工具。

客家童谣的真实美，突出表现为文本内容的真实性——它不夸饰、不捏造，以忠实的白描笔法客观描述客家人的日常生活、人情世故与精神面貌等社会文化生活的方方面面。客家童谣对亲情、爱情、友情等情感的刻画较多，这些情感的真实展现也使客家童谣具备了浓厚的人情味。

客家童谣的真实美不仅指其思想内容和情感极为客观、真实和自然，还表现在它对社会现象、家庭生活和个人遭遇等现实事件的真实反映与价值评判上。儿童所用语言无视事物的确切意义，即使在争辩时，也总是陈述事实，而不是指出证明的理由。客家童谣这种因儿童心理而衍生的真实美，大大增加了童谣文本的艺术魅力。

2. 客家童谣的自然美

童谣是诵唱者的自然表达，在传播时具有"不知所受"的集体性，具有质朴、自然的特征。客家童谣的自然美，从"传统的反对雕琢、文饰的含义，扩大为对从内容到形式的一切清规戒律的否定"，①是一种以"发于情性，由乎自然"为核心的美学精神。在客家童谣中，我们可以看到许多在传统的精英文学文本中难以出现的人物形象及对其情感欲望的自然描写。

客家童谣的自然美体现在对日月星辰、山川大地、动物植物等自然景观题材的偏爱上。仅就月亮这一自然景观而言，客家童谣中光《月光光》就有三十多个版本，再加上数量繁多的描写太阳、星辰、动植物等自然风物的篇目，客家童谣给我们留下了一种生机勃勃的自然景观印象。

童谣将动物拟人化，采用对话的方式，将它们对人类蛮不讲理的行为的愤怒与不满淋漓尽致地表达出来。儿童亲近自然的纯真秉性，使他们对动物的遭遇始终抱有深厚的同情，这种同情是发自内心、绝无造作的。客家童谣展现出来的生机勃勃的自然景观美感，与其最主要的创作与唱诵

①　陈碧娥：《李贽"童心说"的美学内涵》，《渝州大学学报》（社会科学版），2001年第2期，第78–82页。

者——儿童有关。他们天真烂漫，与自然有着天然的亲近关系，各种自然景观在他们眼中都有生命，善于描绘一幅幅生意盎然、美不胜收的自然景观。

3. 客家童谣的情趣美

客家童谣不仅擅长在一首童谣中刻画多个物象的形神特征，而且善于用较长篇幅细腻地展现一种事物的形神美，富有率情任性、趣味横生的普遍感染力。客家童谣讲述的很多是日常生活中不合常理的事情，但童谣正好通过这种离奇的情节设置，营造了极具特殊艺术魅力的情趣美。真情实感的自然流露才能生发引人入胜的情趣之美。对情趣美的追求是客家童谣的创作、传唱主体——儿童的自觉行为，也正是这种自觉行为的积极作用，使得客家童谣具有鲜明的娱乐功能，令其文本彰显出特殊的艺术魅力。

反映日常生活知识的客家童谣内容丰富多样。在知识经验的获得上，客家童谣往往摄取儿童生活中熟悉的事物，描述日常的生活情景，日月星辰、风雨雷电，还有鱼虫鸟兽、花草树木、色彩数字等，不但丰富生动，题材也包罗万象，合乎儿童兴趣。既能满足儿童好奇的心理，又能使其从中获得新的知识经验。客家乡土社会人生观念、社会道德、生活态度，以及日积月累的民众生活经验，以童谣的形式一代代地延续和传递，转化为对个体或群体人生的劝勉。

尽管这些知识一般系统性不强，但它们是正确的。由于客家童谣的不断启发和教育，儿童尤其是学前儿童渐渐开拓了自己的视野，丰富了自己对客观事物的感性认识。另外，客家童谣往往能把种种枯燥的知识表现得很具体、形象，音韵谐和，简明易记，富有趣味，因而特别受儿童欢迎。

每首童谣都带有地方色彩，都是对当地人民生活的反映，它的地域性也正体现在它丰富多彩的面貌上，这成为童谣被各地人民接受的重要原因。待儿童能够走出家门，投入家乡山水的怀抱，眼界大开时，他们几乎是见什么爱什么，见什么唱什么，在这种歌唱中，他们对家乡的山水草木、风土人情有了深刻的印象，与自身相伴到老的乡土观念、乡土感情，可以说就是在这一时期的歌唱中产生并逐渐加强的。越是离家，越是远行，童谣的地方性就越能勾起人们对故乡的深深怀念，在这种怀念中，也饱含了一种对于地域文化的追思。客观上的身处异乡，特别能够唤醒主观上对故乡的思念；客观上的身体成长，也特别能够唤醒主观上对童年的回望。而童谣的存在，则是这种思念和回望最好的催化剂。一首首流传已久的童谣中浸染的是出自民间的点点滴滴的生活场景，饱含来自童年的分分秒秒的纯真、自由的状态。

二、客家童谣的创作

客家童谣是具有地域特色的综合教育素材，将客家童谣融入歌唱教学实践，可以把客家传统文化以音乐学习的方式保护和传承下来。

梅州市非物质文化遗产保护中心为梅州客家传统技艺、民俗类非遗项目创作了童谣，在幼儿教育中普及。

大襟衫，靠（交）头裤，

打洋锡，钉木屐，

弹棉被，织吊篮，

土纸土布乌木炭，

草编竹编搭棕编，

席子门帘样样全。

买饭甑，做钉䦆，

讲好价钱正（才）动工。

打铁凿石五华哥，

罩下石灰也晓做，

红木家私样样有，

周江锡品花样多。

宁中毛笔精细做，

文房四宝墨烟张，

罗家通书算岭南，
皇帝恩准罗家课。
光德陶瓷石正煲，
一只妹来一只哥，
一壶难装两样酒，
一树花难两样红。
各姓灯笼墟上买，
要做好事就去扱。
办婚礼，迎新娘，
坐月子，满月忙，
添新灯，过继房，
寿诞炒面命过长。
拜了社官拜公王，
还有孔子和太阳，
观音姑婆过生日，
小胜天穿小桑等公王。
畲族招兵，相公爷出巡，
祭江、迎景、扛先师，
庙会、祚福、关帝行，
百侯五鬼金狮弄，西河大靖迎马来。
上刀山，坐刀轿，扮古事，
文昌祠，伯公坛……
好事一桩又一桩，
祖公厅前闹洋洋。
五大两同半斤比，
称来称去平重轻，
偓么输来你么赢，
歌声到此暂停声。

　　针对客家美食类的非物质文化遗产代表性项目，梅州市非遗保护中心也创作了新的童谣，以便儿童能够对客家美食有初步的认识：

龙眼生来圆叮当，

柑诶生来叶下黄，

杨桃生来辘轴样，

柚诶生来头那连肚囊。

样样水果都滞捱，

听到柚诶肚就豺，

皮薄肉嫩蜂糖味，

吂到喙诶（嘴里）先落颏（下颌）。

客家美食唔会差，

金柚陈茶绑柿花，

黄皮豆干仙人粄，

麦芽糖在松源家。

白渡、百侯牛肉干，

华侨带等出南洋，

咸菜、茶叶也带去，

煎丸、散子尽命装，

客家娘酒斟满来，

盐焗鸡就当下尝。

甜粄、发粄、味窖粄，

糖莲子也装一碗。

放点肉丸煮碗粉，

还是腌面煮碗汤？

红曲咸菜三及第，

街头巷角都有渠（它）。

开锅肉丸丙村好，

五华豆腐同毛糕，

榛糖、姜糖丰顺靓，

马图茶绑云片糕。

百侯薄饼中原来，

碾米磨粉功夫在。

鱼血焖饭考师傅，

梅菜扣肉系用功。

长乐烧酒系顶愿（过瘾），

催就过好珍珠红。

客家美食客家味，

食落肚诶记心中。

在传统美术方面，客家泥塑艺术家刘沅声、刘芷瑜父女颇费心思，力图将传统客家经典童谣转换成可视的艺术作品。比如，"鸡公砻谷狗踏碓，狐狸烧火猫炒菜，田鸡吃饭脚懒懒，老虎上山拗苦柴"。这首童谣将公鸡、狗、狐狸等动物拟人化，描写了一幅动物们分工合作、共同劳动的和谐场景，意在将勤劳、团结等精神观念传递给后代，图1是非遗传承人刘沅声、刘芷瑜父女的作品。

图 1　刘沅声、刘芷瑜父女创作的动物劳作泥塑作品

客家泥塑区级传承人刘芷瑜的作品《白饭子》，以客家童谣为创作题材，用拟人的手法塑造了童谣中"鹅揩水，鸭洗菜，鸡公砻谷狗踏碓，狐狸烧火猫炒菜"的生动形象，用立体的画面，地让儿童在观看中诵读，在

诵读中理解，懂得要勤劳做事、勇于担当的道理。

在童谣创作方面，基于客家崇文重教的传统文化，嘉应学院客家研究院周云水博士在广东美育浸润行动计划作品大赛中提交的《客家劝学尊教歌》颇具美学价值。

客家劝学尊教歌

牙牙初学语，教诵"月光光"。

文采出众秀才郎，骑着白马过莲塘。

做间学堂四四方，端张凳子写文章。

谁能读得文章识，送只鸡髀作奖赏。

路唔走唔平，人唔学唔成。

喉咙省出教子钱，只望子女读书成。

朝为田舍郎，暮登天子堂。

竹竿长晒衣衫，笔杆短赋诗强。

读得书多百不愁，夜里不怕人来偷。

子女唔读书，好比有眼珠。

蟾蜍咯咯唔读书，一世暗摸无春光。

天光唔起误一日，少年唔读误一生。

早知书内黄金贵，小儿就该记心上。

捡漏趁天晴，读书趁年轻。

秀才不怕衫巾烂，最怕肚里有真货。

读书肯用功，茅屋出相公。

六十六，学不足，

读书钱，万万年。

家里藏书有万卷，砚田无税耕心房。

客家儿女，勤学家风。

尊师重教，天天向上。

牢记祖训，少年自强！

如今的儿童对大自然的探索仅限于声光舞影之中，缺乏对大自然生命的体验与感动，如果运用童谣作为教学辅助工具，为客家文化寻回洗涤孩童心灵的活水，这将是对客家童谣及语言文化传承的一大贡献。

三、客家童谣赋能美育浸润

客家童谣是客家人对儿童启蒙教育的重要素材，口口相传、代代相承。"牙牙初学语，教诵《月光光》。一读一背诵，清新如炙簧"，这首充满温情的诗是晚清爱国诗人黄遵宪 35 岁时追忆他的曾祖母而作的。客家童谣词句长短不定，句式简短，韵脚多变，节奏明朗轻快，主要教育儿童识礼仪、勤读书、孝敬父母和学习知识等内容。如"排排坐，唱山歌，爷打鼓，子打锣，心臼（媳妇）灶背炒田螺，田螺壳，钝（刺）到家官（公公）脚，家官呀呀叫，心臼哈哈笑，家娘（婆婆）话渠么孝道"。教育儿童不要乱扔垃圾，应尊重长辈。岭南客家童谣在传统社会中的作用，一方面是让幼儿逐步懂得生产生活知识，另一方面则是让青少年明白为人处世的道理。但由于幼儿教育托付给了幼儿园，家长们因为工作忙碌或者自身对童谣缺乏了解，很少能够把朗朗上口的童谣教给自己的孩子，而幼儿园因为固守正规的教材，也鲜有将传统客家童谣融入幼儿教育的案例。

为了避免岭南客家传统童谣消失，地处客家大本营的世界客都梅州市，积极探索客家传统文化有机融入幼儿教育的机制，注重客家童谣在幼儿教育中的作用，因而摸索出一套行之有效的实践模式。[①]

一是利用场景激发儿童学习客家童谣的兴趣。

客家童谣符合儿童学习的兴趣特点。客家童谣是客家乡村儿童口头流传的歌谣，是客家乡民在生产生活中口头创作的，供儿童嬉闹玩耍时顺口传唱的歌谣。它使用诗歌的韵律和形式，表现客家乡民的生产生活和思想感情，充满浓郁的农家生活气息和儿童趣味。例如，游戏童谣《点指人堂》是儿童玩"摸人子"游戏前，按字依次点人，点到最后一个字者，便扮演

---

① 周云水：《客家童谣融入幼儿教育的实践探索》，《中国社会科学报》，2020 年 9 月 30 日。

"瞎子"去摸人，被摸到的人，便接着做"瞎子"。儿童在边诵读边玩的过程中嬉戏，趣味十足。

客家童谣自然朴素，别具韵味。语句通俗，每句尾用同韵字，音韵和谐，朗朗上口；描述的内容形象生动，语句简练，便于记忆。儿时念熟了，到了老年也不容易忘记。客家地区老一辈的人都还记得自己小时候，奶奶、外婆或母亲曾教自己唱那首动听的《月光光》。童谣的这些特点正符合儿童的学习规律。

幼儿园根据童谣教学的特点，确定了直观法、游戏法、朗读法和情景法四大客家童谣教学方法。在选择童谣时要考虑是否具有趣味性，老师们往往把能否让儿童在玩中学习作为一个重要的标准。例如，《羊子咩咩》本身就是游戏童谣，父母与儿童一人扮老虎，一人扮母羊，其余为小羊。老虎唱"羊子咩咩"的歌，唱至"老虎来了么"，如母羊答"冇来"，老虎便重念，如母羊答"来了"，老虎便开始抢小羊。既有趣又能在玩中学习，深受儿童喜欢。在客家童谣的教学活动中，并不着重于学习内容的深浅，而重视能否激起儿童对童谣的兴趣，能否激励儿童认识和探索童谣的内涵。所以在教儿童学习客家童谣时，需要尽量为其营造一个欣赏、肯定、鼓励、激发的学习氛围，让其充分感受到唱诵童谣的乐趣，从而培养其学习童谣的热情。

二是依托客家童谣引导规范儿童日常行为。

幼儿时期正是儿童性格、品德和行为习惯形成的关键时期。这时期的儿童如果养成了良好的行为规范，那将终身受益。有句谚语"三岁看大，七岁看老"，这说明儿童在 3 ~ 7 岁的教育非常重要，这期间良好品德和行为习惯的培养将影响儿童的一生。通过传承客家童谣可以劝勉孩子们尊敬长辈、知书达理、公正做人、讲文明、懂礼貌、爱劳动等。梅江区龙丰幼儿园以客家童谣为载体，充分挖掘客家童谣的教育内涵，将健康和积极向上的内容挑选出来传授，从而达到规范儿童行为的目的。龙丰幼儿园挖掘了客家童谣的七个教育主题：爱国爱乡、团圆亲情、敬老孝亲、辞旧迎新、文明和谐、崇尚英烈、快乐童年。七个主题中既有儿童非常熟悉的节日，又有其参与节日庆典活动的编排。通过组织儿童参加梅州市电视台"超级宝贝"大赛，举行"客家童谣专场诵读"活动等，让儿童以小明星、小演员的身份登台表演，在感受节日快乐之时充分想象、体会客家童谣所描述的事物与情景，让儿童在唱、念、跳的活动中强化所学到的行为规范，让客家童谣的教育意义发挥得更透彻。

客家童谣取材于客家地区司空见惯的日常事物，形式上不拘一格，旋律简单，朗朗上口。在幼儿教育中运用客家童谣，不但可以达到寓教于乐的目的，还能引导规范儿童的日常行为。幼儿园依据适宜性、教育性、地方性、趣味性和生活性等原则，对客家童谣内容进行甄别，"取其精华，去其糟粕"，保留有价值的内容作为教材。如《月光华华》和《排排坐》这两首童谣，简短且绘声绘色的语言便于儿童记忆，对于培养儿童尊敬长辈的美德具有积极的意义。儿童通过学习这些富有节奏、韵律的童谣，不但可以形成良好的思想品德，还能引发积极的情感，进而养成良好的行为习惯。

三是借助客家童谣系列产品拓宽儿童知识范围。

客家童谣种类繁多，有催眠谣、游戏谣、情趣谣、绕口令等，也有描述动物、植物和自然现象的，比如，"禾毕子（麻雀），嘴丫丫。上桃树，啄桃花。桃花李花俾你啄，莫来啄𠊎龙眼荔枝花。龙眼留来拐妹子，荔枝留来转外家"。这首童谣反映了客家山区水果多，桃李普遍；龙眼、荔枝较少，价钱较贵。客家人疼女儿，又爱娘家亲人，所以把贵重的水果用于娶媳妇和回娘家这种重要的场合。儿童可通过学习这首童谣，了解客家地区的水果特点以及家乡的民俗风情。

客家童谣描述的很多事物是当下儿童较少接触的，因此幼儿园通过计算机软件技术，根据客家童谣的内容制作开发生动有趣的多媒体课件，帮助儿童理解童谣内容。比如，学习客家童谣《阿爸种瓜𠊎织箩》时，因为儿童没见过织竹箩的场景，较难理解，所以幼儿园不但提供"竹箩"这一实物，还通过计算机制作织竹箩画面，让儿童直观形象地理解童谣内容，进而了解其所蕴含的知识和道德教育意义，并从中认识家乡民俗，培养儿童热爱家乡的情感。通过欣赏、参与客家童谣表演，儿童能充分感受客家话及客家童谣的特色，学会用童谣表达美好愿望，继承客家文化和美德。

客家童谣可以启发儿童的思维，使其开阔眼界、增长知识，对儿童有很强大的教育力量。好的童谣，能使儿童得到精神上的滋润、哺育，而且牢记在心永不忘。客家童谣是客家人崇文重教的传统文化基础，无论是从内容上还是功能上，都在潜移默化地影响着客家人的成长。客家童谣是客家人最刻骨铭心的记忆，它撑起了在外漂泊的客家人的精神支柱，是他们思念故乡时的"月光曲"。印度尼西亚客家侨领熊德龙曾讲述，在养母临终时他为她唱"月光光，秀才郎"，他唱一句，妈妈答一句，最后唱到"鹧鸪喳喳，挑水淋蔗"时，妈妈含笑离开了人世。在龙丰幼儿园使用的客家童谣视频里，伴着童谣的节奏和旋律，逐步呈现客家围龙屋前面的莲塘、色彩鲜艳、造型优美的门楼门墙，由客家女主人带领的"敬月光"、中秋节烧塔等仪式，以及云彩幻化出的客家蓝染大襟衫等，充分展示了岭南客家文化的地域特色和民俗风采。

中共中央办公厅、国务院办公厅《关于全面加强和改进新时代学校美育工作的意见》中提出，"到 2025 年，学生审美与人文素养明显提升，初步形成各学段美育相互衔接，课堂教学、课外活动、校园文化相互结合，普及教育、特色发展相互促进，学校、社会、家庭相互联动的现代化美育体系"。客家童谣用客家话的音调创作和演唱，语言活泼，贴近生活，教化人民，启蒙儿童。当下中国社会生活日新月异，一家三代人多数经历了三个迥然不同的时代：老一辈或许还赶上了传统农业时代的尾巴，中年一代基本上是生活在工业化飞速发展的时期，而新生代早已成长在信息网络里了。在瞬息万变的信息浪潮中，那些原来代代口耳相传的经典童谣，在多数人的印象里已经模糊甚至被遗忘了。只有留住传统童谣的火种，幼儿园才能更好地对其进行挖掘和传播，让优秀的岭南客家童谣得以永远流传。

客家童谣《月光光》融入幼儿教育

在童谣中，人们利用各种通俗易懂的语言对平凡生活进行细致的描绘，并表达美好愿望和真挚情感，具有十分深刻的审美价值。清末著名诗人黄遵宪，在其曾祖母的教导下学会了不少童谣，他在晚年时期评价童谣："牙牙初学语，教诵《月光光》。一读一背诵，清新如炙簧。"耕读传家和崇文重教是客家童谣中体现最多的内容，最经典的"月光光，秀才郎"是客家人最为熟悉的摇篮曲，直到今天，有客家人的地方就会有这首童谣的传唱。[①] 客家人为何对童谣《月光光》情有独钟呢？这与客家山区生存环境，以及以农耕为主的生存方式密切相关。现代社会的幼儿教育，如何能够植入《月光光》这类脱胎于客家农耕文化的童谣呢？本书的经典童谣与新编童谣或许在这个问题上能对大家有所启迪。

一、各地不同版本的《月光光》童谣

童谣《月光光》版本众多，在演唱的时候，广府、客家、潮州亦各有唱法，同一个主题歌词、旋律均不同。这首童谣朗朗上口，动静皆宜，回环的使用使趣味性极强，跃动的旋律使儿童身心愉悦。儿童可以结合自己对童谣的理解，全身心地投入演唱，从而达到声情并茂的效果，更好地融入童谣的情境，并表达童谣所蕴含的情感。[②]

新编山歌剧《围屋月光光》以客家女性演绎客家先民的历史，讲述客家人的生活，展现客家人的精神世界、品格情操。大幕拉开，为观众呈现了大山深处九龙寨客家先民的日常生活场景：在层层叠叠的山峦中，两架

---

① 陈翠萍：《岭南方言童谣课程开发在中职学校的探索——以广州市天河职中为例》，广东技术师范大学硕士学位论文，2022年，第9—10页。

② 张颖：《广东传统童谣〈月光光〉的演唱风格探究》，江西科技师范大学硕士学位论文，2017年，第1—6页。

水车在缓缓转动，象征着山乡农耕文明。水车前是少年郎在读书，客家人耕读传家的意象展露无遗。紧接着一头水牛上场，客家先民在锄地、播种、农耕，扶老携幼。客家童谣适时响起："月光光，秀才郎；骑白马，过莲塘。"客家人的尊文重教可见一斑。[①]

客家童谣的传播，具有构建意识形态的功能。把客家歌谣《月光光》放在具体的客家历史文化语境中解读，挖掘歌谣的文学意蕴，理解其蕴含的客家人的意识，是认识客家民性的一条重要途径。[②]

丘逢甲在《游姜畲题山人壁二首·其一》中写道："春山草浅畜宜羊，山半开畲合种姜。比较生涯姜更好，儿童都唱月光光。"[③]刘大可教授汇总田野调查和文献记载，整理了闽台客家地区多个版本的童谣《月光光》。福建省龙岩市长汀县有以下五个版本[④]：

（1）

月光光，得人爱。

狐狸烧火猫炒菜，

鸡公舂谷狗踏碓，

猴哥送饭用背背，

田鸡婆婆抢老妹。

（2）

月光光，秀才郎。

骑白马，过莲塘。

莲塘背，种韭菜。

---

① 王琴：《围屋女性诗　客家先民史——评山歌剧〈围屋月光光〉》，《艺海》，2018 年第 2 期，第 16–18 页。

② 杨保雄：《客家童谣的意识形态功能——对贺州客家童谣〈月光光〉的文化解读》，《贺州学院学报》，2008 年第 1 期，第 14–18 页。

③ 丘逢甲：《岭云海日楼诗钞》，孔昭明主编：《台湾文献史料丛刊》（第 8 辑），台北：台湾大通书局，1987 年，第 165 页。

④ 长汀县民间文学集成编委会编：《中国歌谣集成·福建卷》（长汀县分卷），1992 年，第 252–256 页。

韭菜黄，跳上床。

床有杆，跌落坑。

坑圳头，看黄牛。

黄牛叫，好种猫。

猫头鸡，好种鸡。

鸡入埘，好唱戏。

唱戏唱得好，虱嬷变跳蚤。

跳蚤跳一工，虱嬷变鸡公。

鸡公打目睡，天龙走得脱。

天龙走忙忙，撞到海龙王。

龙王做生日，猪肉豆腐大粒粒。

（3）

月光光，秀才郎。

骑白马，过莲塘。

莲塘背，种韭菜。

韭菜黄，偷旱塘。

旱到一行鲤鱼八尺长。

鱼目珠，等满姑。

鱼头额，等老爷。

鱼尾巴，等亲家。

鱼肠胃子，等满子。

鱼肚鱼烂旦，留得公爹砌石坎。

砌个石坎花碌碌，十只鸡子九个谷，还有一只冇食禄。

（4）

月光光，岭子背。

鹅挑水，鸭洗菜。

鸡公砻谷狗打碓，

狐狸烧火猫炒菜，

送饭送到岭子背，

捡到一个花老妹，

搭渠亲个嘴。

（5）

月光光，照四方。

四方暗，照田坎。

田坎阴，换枚针。

针冇眼，换把伞。

伞冇头，换条牛。

牛冇角，换张桌。

桌冇杆，换个缸。

缸会漏，装乌豆。

乌豆香，换仔姜。

仔姜辣，换喇叭。

喇叭响，换旅长。

旅长聋，换鸡公。

鸡公唔会啼，换只烂草鞋。

烂草鞋唔好着，换个老太婆。

老太婆唔会梳头，换只老猴。

老猴唔会打拳，宰来天光过年。

福建省龙岩市武平县有以下几个版本的童谣《月光光》①：

（1）

月光光，秀才郎。

骑白马，过莲塘。

---

① 中国人民政治协商会议福建省武平县委员会文史资料编辑室编：《武平文史资料》（第19辑），2006年，第68-69页。

莲塘背，种韭菜。

韭菜花，结亲家。

亲家门前一口塘，打行鲩鱼百尺长。

鲩鱼背上承灯盏，鲩鱼肚里做学堂。

做个学堂四四方，个个赖子读文章。

读得文章马又走，逐得马来天大光。

一逐逐呵伯公凹，伯公喊倕跌圣窖。

跌个圣窖阴阴阳，伯公喊倕讨布娘。

讨个布娘高天天，煮个饭子臭火烟。

讨个布娘矮滴滴，煮个饭子香郁郁。

（2）

月光光，走四方。

四方暗，走田坎。

田坎荫，换枚针。

针冇眼，换把伞。

伞冇头，换只牛。

牛冇角，换张桌。

桌冇杆，换口坛。

坛冇口，换只狗。

狗冇目，换碗粥。

粥冇皮，换个梨。

梨冇柄，换面镜。

镜子粼粼光，照妈好梳妆。

同属龙岩市管辖的上杭县，童谣《月光光》的版本则为：

月光光，秀才郎。

才郎妹，恁韭菜。

恁一皮，留一皮，

留来天光等大姨。

大姨唔黑屋，偷食黄鸡谷。

黄鸡"价价"，嫁敆"嘎尬"。

嘎尬毛多，嫁敆剃刀。

剃刀柄短，嫁敆芋卵。

芋卵芽人，嫁敆山人。

山人放铳，门口"并蹦"。

在台湾地区，童谣《月光光》亦有以下十个版本①：

（1）

月光光，秀才郎。

船来等，轿来扛。

一扛扛到河中央，虾公毛蟹拜龙王。

龙王脚下一蕊花，拿敆阿妹转外家。

转到外家笑哈哈。

（2）

月光光，秀才郎。

骑白马，过莲塘。

莲塘背，种韭菜。

韭菜花，结亲家。

亲家门前一口塘，蓄个鲤嬷八尺长。

长个拿来炒酒吃，短个拿来讨布娘。

（3）

月光光，好种姜。

---

① 赖碧霞：《台湾客家民谣薪传》，台北：乐韵出版社，1993 年，第 217–218 页；黄子尧：《客家民间文学》，台北：爱华出版社，2003 年，第 134–135 页。

姜毕目，好种竹。

竹开花，好种瓜。

瓜言大，孙仔摘来卖。

卖着两个钱，学打棉。

棉叮铛，学打砖。

砖对截，学打铁。

铁生卤，学劏猪。

猪会走，学劏狗。

狗会咬，学劏鸟。

鸟会飞，飞到奈。

飞到山岩下，寻铳仔去打。

打着一粒烂冬瓜，寻转去，泻到满厅下。

（4）

月光光，松树背，

鸡公砻谷狗踏碓，

狐狸烧火猫炒菜，

猴哥偷食会缘嘴。

（5）

月光光，好种姜。

姜串目，学种竹。

竹开花，学种瓜。

瓜言大，摘来卖。

卖到三分钱，学打棉。

棉线断，学打砖。

砖断节，学打铁。

铁生卤，学杀猪。

猪会走，学杀狗。

狗会跳，学杀猫。

猫会嚣，学杀鸟。

鸟会飞，飞到奈位去。

飞到榕树下，捡到一只烂冬瓜。

拿转屋下去，泻到满厅下。

（6）

月光光，照四方。

四方暗，照田塍。

田塍乌，照鹧鸪。

鹧鸪啼一声，老鼠挖油甏。

挖呀入，挖呀出，撞到先生打屎朏。

（7）

月光光，溜溜光。

船来等，轿来扛。

扛到河中心，虾公毛蟹拜观音。

观音脚下一枝禾，割到三担并一箩。

大人挑一担，细人扛一箩，扛到背驼驼。

（8）

月光光，秀才娘。

船来等，轿来扛。

一扛扛到河中心，虾公毛蟹拜观音。

观音脚下一朵花，拿敨阿妹转外家，转到妹家笑哈哈。

（9）

月光光，下莲塘。

拗树枝，扛新娘。

新娘重，扛鸡公。

鸡公叫，扛条猫。

猫会走，扛条狗。

狗会咬，上山捡柴烧，捡敨阿姐煮早朝。

（10）

月光光，秀才郎。

骑白马，过莲塘。

莲塘背，种韭菜。

菜开花，结亲家。

亲家门口一口塘，蓄介鲤鱼八尺长。

大介拿来炒酒食，小介拿来讨布娘。

　　客家人长期与其他方言群体和谐共存，彼此在文化上的采借与涵化是十分自然的。以童谣《月光光》为例，尽管客家地区的唱法、内容、风格等具有浓郁的山区特色，但其他地区的《月光光》在句法、章法、思维方式上也都与客家地区相仿。唐代福建观察使常衮曾看到民间有人传授《月光光》，便记下这首童谣："月光光，渡池塘。骑竹马，过洪塘。洪塘水深不得渡，小妹撑船来前路。问郎长，问郎短，问郎一去何时返。"现今各地的《月光光》跟唐代这首《月光光》比较，虽然文字或多或少做了改动，但主题和结构十分相似，可见其历史源远流长。①

比如漳州地区的《月光光》：

月光光，月亭亭。行暗路，过田塍。

田塍一壑水，清溜溜，撑船过漳州。漳州一尾鱼，鱼头请亲家……

福州地区的《月光光》：

月光光，照池塘。骑竹马，过洪塘。洪塘水深莫得渡，娘子撑船来接郎。问郎短，问郎长，问郎出去几时转？

月光光，照椿白，阿姐做媳妇；嫁哪里，嫁下渡，下渡虾鲜配鸡露。

---

① 刘大可：《闽台客家口传文化比较研究》，《东南学术》，2011 年第 1 期，第 218–239 页。

月光光，照堤坝。赌钱鬼，诸人骂。想改造，着乘快。

月光光，照门户。月姐月妹做新妇。做哪里？做下渡。下渡虾鲜配鲚露。鲚露糜糜，一碗肉糕；肉糕软软，一碗草冻；草冻有籽，一碗莲子；莲子有壳，一碗菱角；菱角尖尖，一碗八仙；八仙过海，一碗蟛蜞；蟛蜞咸咸，一碗李咸；李咸酸酸，一碗菜汤；菜汤暂暂，一碗蚬仔；蚬仔罅嘴，新人放屁。

广州地区的《月光光》[①]：

> 月光光，照地塘。
>
> 年卅晚，摘槟榔。
>
> 槟榔香，摘仔姜。
>
> 仔姜辣，买蒲达。
>
> 蒲达苦，买猪肚。
>
> 猪肚肥，买牛皮。
>
> 牛皮薄，买菱角。
>
> 菱角尖，买马鞭。
>
> 马鞭长，起屋梁。
>
> 屋梁高，买张刀。
>
> 刀切菜，买箩盖。
>
> 箩盖圆，买只船。
>
> 船沉底，浸死两个鬼仔。
>
> 一个蒲头，一个沉底；
>
> 一个摸慈菇，一个摸马蹄（即荸荠）。

佛山地区的《月光光》[②]：

① 刘万章：《广州儿歌甲集》，广州：国立中山大学出版部，1928 年。

② 余婉韶主编：《金三角风雅》，广州：广东新世纪出版社，1990 年。

月光光，月猛猛。大姐嫁，妹斟茶。搽白粉，似观音。观音西水大，鲤鱼游过街。新犁耙，旧犁耙，耙到桑地撒芝麻；芝麻香，炒老姜，老姜辣，辣到姑娘眼突突。姑娘遇着鸡公蛇，叫阿爷。阿爷左脚春，右脚春；春白米头贺太公，太公今年九十九，着起寿袍饮寿酒。

二、童谣《月光光》的文化意蕴

童谣是人们千百年来启蒙教育儿童的儿歌，每首童谣都有其深刻的含义。许多没有关联的事物，通过童谣音韵旋律的转换连接，不仅富有趣味性，而且锻炼了儿童的思维能力以及语言拓展能力。每个地区都有自己特定的民俗文化，进而形成的童谣也都带有当地的文化特征，从而拉近人与人之间的距离，引起情感共鸣。情态美的存在，为人们提供了情感交流的机会，并带给人们美好的体验和情感调节等。《月光光》是客家地区代表童谣，具有极强的地域特色，在客家题材电影《等郎妹》《八子》中多次出现。《月光光》中的原始音调便具有十分独特的情态之美，并与人们内心的真挚情感之间存在着十分密切的联系。客家人用童谣对儿童进行教育、启示，不是生搬硬套各种道理，而是将正确的理念潜藏在每一首童谣中，使得儿童在嬉戏和歌唱中潜移默化地学习和领悟，逐渐形成积极正面的影响。《月光光》的字里行间中深刻地反映了客家人"崇文重教"的悠久历史与优良传统。客家童谣利用朴素的言语表达真实的情感，记录客家地区人民多年来经历的风雨沧桑，成为千万客家人刻骨铭心的记忆。

客家童谣既是客家人的生活世界，也是深深扎根于乡土的客家传统文化重要组成部分，是客家人文精神与乡愁的栖息地，蕴含客家人的文化认同和共同的价值观。肖艳平博士以客家最具代表性的童谣《月光光》为例，从内容、语言、结构分析其艺术特色，阐释了客家童谣是客家人内在精神的体现，在当今仍然具有很强的现实意义。他按照地域和内容对39首《月光光》进行整理，发现劳动和生活相关内容占比高，其余内容为封建礼教、家庭关系、美食、年节等，不同地域的童谣在内容、类型上无太大差别，体现出民间音乐文化在创作和传播上的共同特点，都是在生活和劳动中将实践经验编成童谣的形式，供儿童学习和娱乐。但不同地域的《月光光》有意识地将当地特有的地名文化、美食文化等内容融入并加以表达，这也表现出民间文化的生存依附其自身文化空间和传统土壤，是地域文化认知的具体体现。

不同地域的童谣《月光光》在结构、语言、内容和价值观上既有相同点又各具特色，它们都体现了客家人共同的文化认同和价值观念，是客家人的情感抒发和内在精神的体现。

客家童谣能经久不息地传唱，正是因为其主体在于人，歌词内容注重对儿童的教育，引导他们遵循一定的社会规范。客家童谣中多体现耕读传家的内容，告诫儿童要依靠读书改变自己的命运，体现客家人对教育的重视。究其原因，是客家人在迁徙中颠沛流离的状态以及不稳定的生活环境，使他们始终保持着顽强拼搏、不屈不挠的性格，对生活充满希望，期待靠读书创造机遇。[①]

童谣不仅可以念诵，而且韵律和谐，有节奏感，充满趣味性，更富有文学气息，可谱成歌曲，获得多元学习语言的效果。儿童时期对于语言的敏感度是最高的，年纪越小学语言越轻松，效果也越好，儿童的吸收能力像海绵似的，能将接收到的信息牢牢记住，因此儿童阶段是学习语言的重要时期。而客家童谣是客家儿童练习说话、传承客家话的好方法，有着丰富多彩的客家文化内涵，儿童在念唱客家童谣时，既可以学到丰富的客家话词汇，也可以在轻松、快乐、没有压力的学习中，受优美的客家文学及客家文化熏陶。丰富且千变万化的客家童谣，是客家儿童成长时期重要的精神食粮。客家童谣能让儿童在快乐中体会客家语言之美，更能带动客家文化的传承。[②]

① 肖艳平、杜思慧：《客家传统童谣〈月光光〉研究》，《龙岩学院学报》，2020 年第 6 期，第 19–25 页。

② 徐仪锦：《现代客家童谣在客语教学之应用——以钟振斌童谣作品为例》，屏东教育大学硕士学位论文，2014 年，第 2–11 页。

三、客家童谣在幼儿教育中的应用

童谣是曾经陪伴无数人成长的集体记忆，也是儿童启蒙时期的精神食粮、童年岁月的快乐源泉，更是儿童学习语言、认识世界的最佳教材。要让儿童对童谣入耳入心，就需要其有吸引儿童的地方。趣味性是让儿童多念诵的主因，有趣的客家童谣自然是儿童学习客家话的好教材。

从儿童文学的角度来看，童谣运用大量的修辞与押韵，朗朗上口又不失趣味，是儿童最早接触的文学体裁；从民俗学的角度来看，童谣是民族的文化资产，许多传统习俗借着童谣的流传得以保存与维护；从社会学的角度来看，童谣的诵读是一种群体活动，一人起头、众人齐声应和，不仅拉近彼此距离，也增进交流；从教育学的角度来看，童谣的取材包罗万象，上自日月星辰，下至虫鱼鸟兽，能够帮助儿童增加经验、丰富语汇、激发想象、陶冶性情、培养气质。

客家童谣是客家族群共同的生活缩影、情感投射，也是客家族群共享的文学资产、文化瑰宝，就像世界各地的童谣一样，有着精彩的文学表现和深刻的文化反映。客家童谣的题材相当丰富多元，可以分为食、衣、住、行、育、乐、动物、植物、人物、数字、节庆、生活教育、祝贺、健康、历史、地理、其他十七大项。客家童谣的句式自由、押韵自然、修辞巧妙，既符合儿童的心理，也贴近儿童的生活，除了能辅助儿童的聆听、说话、标音、阅读、写作等语文教学，还能融入小学课程的语文、数学、社会、自然与科技、艺术与人文、健康与体育、综合活动等教学，均衡德育、智育、体育、群育、美育的发展。

传统童谣产生于农业社会，描述的事物围绕农村生活，多数以调侃、挖苦、揶揄为诉求，少数以倾吐、埋怨、渴望为目的，还有一些是有关育儿、游戏甚至天马行空的童谣。随着环境的改变和教育的普及，现代童谣已经摆脱嘲讽戏谑、荒诞不经的词句，尽量避免粗俗不雅的语汇，描述的事物不再任意编造，多数是时下所见所闻，更能引起儿童的共鸣，少数是模仿传统，需要作者具备敏锐的观察力和较强的文字驾驭能力。

客家童谣的修辞手法分为设问、摹写、譬喻、拟人、起兴、夸饰、镶嵌、类叠、顶真、回文等。客家童谣的物质文化分为饮食习惯、衣服服饰、居住建筑、交通工具、谋生方式等。客家童谣的精神文化分为生命礼俗、岁时节庆、宗教信仰、团结合作、读书教育、品德伦理等。客家童谣具体而微地反映了客家族群衣、食、住、行等物质文化以及育、乐等精神文化，为有形及无形的客家文化写下珍贵一页。

正确的主题不但可以使儿童认识社会、了解人情，而且可以帮助其启迪人生、美化人生、指导人生，因此对儿童有非常大的益处。新编客家童谣是新时代生活中产生的小而美的文学作品，适合现代儿童学客家话时使用，其不但有趣且具教育性，既能深深吸引儿童，也为儿童带来无限欢乐。本书第三部分的新编客家童谣，可以分为知识、趣味、时代、劝勉、训诫、感怀等主题，读起来朗朗上口，也容易理解，借助逗趣的笔法来增强儿童的兴趣。

童谣是儿童的启蒙歌谣，体现了时代气息，充满生命力与创造力，并传承历史文化。童谣具有生活性、自然性与知识性，像音乐一样陶冶心灵。童谣具有节奏明显、浅显易唱及活泼有趣的特色，与儿童的语言、理解、思考能力相适应，儿童除可从中学习节奏韵律外，也能学习客家话。客家童谣有趣味性、教育性、音乐性、游戏性等特质，儿童在吟唱童谣时会感到快乐，能在品德及情感上有所成长。客家童谣富有传统音乐精神，旋律简单、节奏活泼，内容口语化，能使儿童感悟客家文化的音乐价值。

客家童谣有以下四个功能：①陶冶性情，增强兴趣。儿童的情感最纯真浪漫，此阶段的性情陶冶是不可或缺的，客家童谣语句简短、节奏优美，又有丰富情感及趣味，符合儿童的心理和情绪。②启发想象力。儿童的社会环境中，对于各种事物，往往无法以理智分辨。客家童谣将万事万物人格化，将不可能的事变为可能，就容易引起儿童的好奇心。③培养欣赏与创作的能力。人有表现的欲望，客家童谣可鼓励儿童发表自己的看法。④传递快乐的情绪。人只要感到快乐，自然会显得亲切可爱，客家童谣中的真情实感最能打动人心。

童谣具有丰富的社会文化意涵，客家童谣发挥着客家社会启蒙教育的功能，儿童可以从吟唱童谣中学习到丰富的客家话词汇，从趣味中认识客家文化，客家童谣的学习助力于客家话与客家文化的传承。

人在岁月流逝中，经验也会逐步增长。童谣是引导人们走出迷茫，体会人生的意义，发人深省的语言或许不是那么华丽，但也句句充满光和热。劝勉类的童谣最能勉励儿童立志向善，教导儿童如何待人接物，让儿童在日常生活中培养正直善良的品格。

乡土是每个人的根，无论在外流浪多久，不管漂泊多远，那份依恋是亘古不变的情缘，乡土情怀是最原始也是最深厚的情感根基，情感的流露又包含于血缘亲情和传统文化之中。

每个人在幼儿时期学说话时，都会根据长辈的语汇慢慢地练习成句，此时最好的教材，就是日常生活环境中熟悉的事物，若能成句，那语言的学习就能达到事半功倍的效果。童谣采用生活化的语句，是民间文学中最早产生的一类，因民间文学的口传特性及其韵律与节奏，童谣最易打动人心，也最便于记忆与流传。

通过营造一个轻松愉快的学习环境，以寓教于乐的方式，从儿童的心理、生活、童话世界意象和游戏情趣、语言的感受出发，让儿童吟诵童谣，就能使其体验生活的乐趣、在快乐中成长。此外，童谣还是长辈教育后辈最早的补充教材，是儿童的启蒙教材，许多历史文化通过童谣流传。童谣可借助情境的创设形成双向互动学习，让儿童在游戏与生活中自然而然地习得客家方言。

客家童谣历经时代与环境的变迁，却依然保有其文化特色与历史价值。一首首简短的童谣，在儿童的成长岁月中，传唱着幸福，也满足了儿童的心理需求，扮演着不可或缺的角色。客家童谣的内容，述说了客家民系昔日的生活轨迹、节庆活动，富有乡土气息，饱含着人对土地的情感。客家童谣可爱活泼、朴实有趣，兼具教育性与娱乐性，可搭配游戏多元运用，如长辈与儿童面对面的击掌歌，或牵着手做出歌词相关动作等。客家童谣的歌词与生活息息相关，儿童在吟唱过程中，有些内容会呼应其生活经验，有些内容儿童虽未曾经历过，但他们可从中学习各种常识。绕口令类型的童谣不仅活泼有趣，而且考验儿童的口齿清晰程度，加强其辨识字音的能力，具有语言学习和音乐教育的功能。

本书针对客家童谣的研究及创作，借由客家童谣丰富的内容以及多样的表现手法，发挥寓教于乐的功能，以期让儿童在学习与吟诵客家童谣的过程中，培养正向、健康的人生观，以及关怀乡土、爱护大自然的朴素情怀。

经典客家童谣

月光光

（源城）

月光光，照四方，

照到广东人捋羊①。

捋得羊皮来蒙鼓，

咚咚咚咚娶新埔②。

娶只新埔白恤恤③，

朝朝煮饭香饽饽④。

大人食饱写文章，

细满⑤食饱返书房。

猫公食饱打老鼠，

鸡姆⑥食饱生蠹⑦煮。

月光光

（东源）

月光光，照四方，

四方矮，照老蟹，

老蟹王，跌落塘，

塘中心，两枚针，

塘坲①下，两条蛇，

吓死惹爸②两子爷③。

注释：
①塘坲：指塘的堤岸。
②惹爸：河源客家话"你爸爸"的意思。
③两子爷：指父子俩。

月光光

（龙川）

注释：
①探外家：指回娘家。
②狭：指木屐。
③河唇：指河边。

月光光，照四方；

四方祝，好种竹。

竹开花，探外家①；

外家走，换条狗。

狗会吠，换张碓；

碓好踏，换双狭②。

狭好着，换条索；

索好牵，牵上天。

天上一朵云，带偃去河唇③；

河唇一匹马，骑马转屋侪。

数字谣

（紫金）

一一一，
松树尾上一管笔。
两两两，
两子亲家打巴掌。
三三三，
脱去棉袄换单衫。
四四四，
两子亲家打豆肆①。
五五五，
五月十五好嫁女。
六六六，
河背村庄火烧屋。
七七七，
天公落水深过膝。
八八八，
穷苦人家兜粥钵②。
九九九，
两子亲家喇③老酒。
十十十，
糍粑打好软食食。

注释：
①打豆肆：餐费平摊，即 AA 制聚餐的意思，也可以说打平伙。
②兜粥钵：指喝粥。
③喇：喝的意思。

火萤虫

（连平）

注释：
①屎忽：指屁股。
②遮：指雨伞。
③探妹家：指回娘家。
④阿咪：指妈妈。

火萤虫，唧唧虫，

翻转屎忽①吊灯笼。

灯笼华华光，

借人锁匙开笼箱。

笼箱有条裙，

着稳过河唇。

河唇有把遮②，

擎稳探妹家③。

妹家穷，

打对耳环铜。

铜铜铁铁僵都爱，

难为阿咪④阿爸辛苦打到来。

月光光

（和平）

月光光，照四方，
骑白马，过莲塘。
莲塘坳，采槟榔，
一采采条绣花带，
送把阿姊做花鞋。
做一双，着一双，
留下两双嫁老公。
老公矮，嫁老蟹，
老蟹瘦，嫁绿豆，
绿豆青，嫁观音，
观音下来拜三拜，
黄狗咬到观音带。

月光光①

（梅州）

注释：
①《月光光》客家童谣版本众多，梅州的版本是其中比较具有代表性的，在海内外客家人之中传唱甚广。

月光光，照四方，

骑白马，过莲塘。

莲塘背，种韭菜，

韭菜花，结亲家。

亲家门口一口塘，

养个鲤嫲八尺长。

短个拿来煮酒食，

长个拿来讨新娘。

月光光（刘沅声泥塑作品）

羞羞羞

（梅县）

羞，羞，羞，
猫子①打胡鳅②。
胡鳅钻入泥，
阿公揩③黄泥。
揩到坳子圩，
捻翻④烂蓑衣。
揩到大窿前，
同人打两拳。
揩到野猪坳，
揩到脚跳跳。

注释：
①猫子：指猫。
②胡鳅：指泥鳅。
③揩：担的意思。
④捻翻：捡拾到一件的意思。

钱钱差

（兴宁）

注释：
①娘娘：摇摇摆摆的
意思。
②狗赛：指狗进出的
门洞。

钱钱差，冇油煎冬瓜，

米箕晒粄哩，托哩晒柿花。

柿花好剥皮，交条马来骑；

马爱走，交条狗；

狗爱吠，交辆碓；

碓好踏，交双狭；

狭好着，交条索；

索爱断，交担杆；

担杆娘娘①下龙川。

龙川狗哩昂昂吠，

捉只鸡公塞狗赛②。

火萤虫

（五华）

火萤虫，唧唧虫。

桃树下，吊灯笼。

吊呀吊，蛇吊。

蛇呀蛇，白蛇。

白呀白，雪白。

雪呀雪，落雪。

落呀落，长乐。

长呀长，猪肠。

猪呀猪，野猪。

野呀野，仗也①。

仗呀仗，和尚。

和呀和，割禾。

割呀割，番葛。

番呀番，台湾。

台呀台，祝英台。

祝呀祝，倒竹②。

倒呀倒，神仙张果老。

二万八千岁，晓食唔晓饱。

注释：
①仗也：指作揖。
②倒竹：指砍竹子。

鹧鸪炸炸

（蕉岭）

注释：
①揞：担的意思。
②肚饥：肚子饿的意思。
③敁：给或到的意思。

鹧鸪炸炸，

揞①水淋蔗。

淋蔗肚饥②，

嫁敁③江西。

江西路远，

嫁敁平远。

送嫁妆（刘沅声泥塑作品）

羊欸咩咩①

（大埔）

羊欸咩咩，四脚齐齐；

三更半夜，四更南蛇；五更老虎。

老虎来了么？

唔曾②。

羊欸咩咩，四脚齐齐；

三更半夜，四更南蛇；五更老虎。

老虎来了么？

来了。

注释：

①这首童谣是游戏时唱的，这个游戏类似于老鹰抓小鸡：一队小孩扮羊群，一个小孩扮老虎，唱到最后"来了"时，"老虎"开始抓"小羊"，从队尾的一只"小羊"抓起，直至抓完。

②唔曾：没有的意思。

韭菜花

（平远）

韭菜花，结亲家，

亲家门头一口塘，

放介鲤嫲①八尺长。

鲤嫲背项承灯盏，

鲤嫲肚里做学堂。

做介学堂四四方，

读书赖子②考文章。

考哩文章马又走，

一走走到伯公坳，

伯公教催跌圣筊③。

跌介圣筊阴阴阳，

伯公喊催讨妇娘④；

讨介妇娘矮墩墩，

煮介饭菜香喷喷。

田螺哥①

（丰顺）

田螺哥，

出来食饭啰。

脉介②坐，

竹椅凳上坐。

脉介绑③，

猪肉鱼肉绑。

快滴食饱饭，

牵条细牛出去掌。

注释：

①田螺哥：指田螺仔，即干练小孩。

②脉介：什么的意思。

③绑：用菜送饭的意思。

鸡公仔

（惠城）

鸡公仔，半夜啼，

啼醒满姑①来做鞋。

做著一双鞋，一长又一短。

拿来喂鸡卵②，

鸡卵圆，喂钢钱，

钢钱烂，喂把扇，

扇仔凉，调③白糖。

白糖甜，喂白盐，

盐雪白，喂升麦。

麦仔香，调块姜，

姜味辣，喂铙钹，

铙钹锵锵锵，喂酒娘，

酒娘漏，喂黄豆，

黄豆矮，喂毛蟹，

毛蟹沿④过缸，

满姑食哩做新娘。

嫁介金屋栋，玉屋梁，

金踏凳，玉牙床，

金桶揩水金缸装，

金碗装饭银箸⑤扒，

有朝一日转妹家，

阿哥阿嫂笑哈哈。

月光华华

（惠阳）

月光华华，
揩水供猪嫲①；
猪嫲肯食唔肯大，
扛去龙岗卖。
卖到三百钱，学打棉；
棉线断，学打砖；
砖缺角，学打铁；
铁生卤②，学劏猪③；
劏猪卖蚀本，学卖粉；
粉沤馊④，学卖藕；
藕叶滴滴转，学做碗；
碗笃深，学做针；
针咀屈⑤，南无阿弥陀佛。

注释：
①揩水供猪嫲：指担水饲养母猪。
②铁生卤：指铁生锈。
③劏猪：指杀猪。
④沤馊：指食物因时间过长而变质发臭。
⑤针咀屈：指针尖不利、粗钝。

点虫虫①

（博罗）

注释：
①点虫虫：指欲捉住小虫。
②细蚊公：指小蚊子。

点虫虫，虫虫飞，

飞到荔枝基。

荔枝熟，摘满屋，

屋满红，陪住个细蚊公②。

友爱谣

（惠东）

家务想顺利，

先要兄弟姐嫂①能和气。

阿哥锡老娣②，

免祸又免灾。

老娣敬阿哥，

年年好事多。

大嫂锡小郎③，

年年有余粮。

小郎敬大嫂，

年年赚元宝。

兄弟和气家不分，

代代都有好子孙。

姐嫂和气家不败，

子子孙孙福气大。

注释：

①姐嫂：指妯娌。

②锡老娣：指关爱弟弟。

③小郎：指小叔子。

排排坐

（龙门）

注释：
①贴：龙门客家话中吃的意思。
②狗斗火：指狗烧火。
③担：搬的意思。

排排坐，贴①米果，

猪劈柴，狗斗火②。

猫儿担③凳安人坐，

老鼠担梯刨盒箩。

刨到一团姜，

辣断老鼠肠；

刨到一把米，

毒死老鼠仔。

月光哇哇

（深圳）

月光哇哇，

细妹^①煲茶；

阿哥兜凳^②，

大伯食^③茶。

茶又香，

茶又浓，

食到大伯面绯红。

注释：
①细妹：小妹妹的意思。
②兜凳：抬凳子的意思。
③食：客家话中"吃"
和"喝"都可以用"食"。

白翼祗①

（宝安）

白翼祗，飞过河。

河背仔，娶老婆。

有钱娶只金满姐，

冇钱娶只癫痫婆。

癫痫麻，吹叭吓②。

叭吓吹唔响，

捉你当保长③。

保长保千里，

马褂套洒衣④。

洒衣铁过长⑤，

剪短一尺长，

看去系排场。

凼凼转

（东莞）

凼凼转，菊花圆。

炒米饼，糯米团。

阿婆喊𠊎睇龙船，

𠊎唔睇，睇鸡仔。

鸡仔大，上街卖，

卖到几多钱？

卖到三百六十五毫钱①。

注释：
①毫钱：相当于现在的货币单位"角"。

水打狭鞋①

（增城）

注释：
①狭鞋：指木屐，客家话将屐读作"狭"，即"木狭"。这首童谣似为客家话绕口令。

水打一双狭，

打到石上夹。

唔知石夹狭，

还系狭夹石。

水打一双鞋，

一打打到泥里埋。

唔知泥埋鞋，

还系鞋埋泥。

莲角子

（饶平）

莲角子，莲角塘，

莲角开花白茫茫。

一阵姊姊嫁阿毕①，

留下满姑忆爷娘②。

忆着爷娘心肝脱，

忆着姊妹路头长。

半夜梳头送姊归，

送到深山水眯眯③。

打湿罗裙还较得④，

打湿绣鞋冷到心。

一双绣鞋千步针，

针针都有姊妹情。

注释：

①嫁阿毕：出嫁了的意思。

②爷娘：指爸爸妈妈。

③水眯眯：指细雨蒙蒙。

④还较得：指稍为好些。

火萤虫

（海丰）

注释：
①坎：指田埂或路埂。
②一兜禾：指一株禾。

火萤虫，唧唧虫，

杨桃树下吊灯笼。

灯笼光，照四方，

四方暗，跌落坎①。

坎下一枚针，

捡来送观音。

观音面前一兜禾②，

割了一箩又一箩，

分到你来偓又冇。

鹩哥仔

（陆丰）

鹩哥仔，嘴嘎嘎。

上茄树，拗茄花。

做双鞋仔阿妹着，

阿妹嫁哆顶^①，

嫁哆石榴埔。

鹅担水，鸭洗菜；

鸡公磨米狗舂碓，

蟾蜍^②吹火猫炒菜。

注释：
①嫁哆顶：指嫁到哪里。
②蟾蜍：指蟾蜍，即癞蛤蟆。

月姐姐

（浈江）

月姐姐，多变化，

初一二，黑麻麻，

初三四，银钩样，

初八九，似象牙，

十一二，半边瓜，

十五银盘高高挂。

中秋月，净无瑕，

圆如镜子照我家。

打麦场边屋檐下，

照着地上小姥姥。

姥姥牵手同玩耍，

转着圆圈眼昏花；

一不留神摔地下，

连声喊痛叫妈妈；

云里月姐说她傻，

引得大家笑哈哈。

黄巢坳①
（乐昌）

黄巢坳，

金银十八窖。

铜锣埋山坳，

冇人找得到。

注释：
①这首童谣反映了唐末黄巢农民起义历史，福建宁化石壁客家祖地有关于葛藤凹的传说，反映了这段有关客家人迁徙的历史。

黄巢起义（刘沅声泥塑作品）

大肚蟛①

（始兴）

大肚蟛，

上山抓老蟹。

老蟹钳一钳，

钳到三包盐。

一包留底②自家食，

一包送俾③外婆家，

一包拿去送同年。

同年唔在家，

放在门槛足下，

等到沤得乌麻麻。

哥哥好

（南雄）

哥哥好，哥哥前，

打酒买肉结同年。

同年来我下①，

砧板滴滴剁，

我移②同年下，

挪手又出脚。

注释：
①我下：我家的意思。
②我移：我去的意思。

落水天

（曲江）

注释：
①偓：我的意思。
②冇遮：指没有雨伞。

落水天，落水天，

落水落到偓①身边。

湿偓衣来，又冇遮②，

光着头来，真可怜。

落水水

（翁源）

又听打雷声，

见到阿婆坐门槛；

赖仔①快过来，

唱条歌仔阿婆听。

落水水，滂滂嘣，

唱条歌仔阿婆听；

阿婆话㖏螺螺仔②，

㖏话阿婆老绷根③。

注释：

①赖仔：一般指儿子，这里指孙子。

②螺螺仔：田螺仔的意思，即干炼小孩。

③老绷根：脾气犟的意思。

月光光

（新丰）

注释：
①屎忽瞄：指屁股翘起。

月光光，照四方，

四方屋，点蜡烛；

蜡烛香，照紫姜，

紫姜甜，照禾镰；

禾镰利，照豆豉，

豆豉苦，照猪肚；

猪肚肥，照禾锤，

禾锤重，照鸡公；

鸡公哦哦叫，打到屎忽瞄①。

蛤蟆蟆子^①叫连连

（仁化）

蛤蟆蟆子叫连连，
想爱^②老婆又冇钱。
兜张凳子娭子^③讲，
冇声冇气又一年。

注释：
①蟆子：指青蛙。
②爱：要的意思。
③娭子：指母亲。

排排坐

（乳源）

注释：
①噬田螺：用嘴吸食田
螺肉的意思。
②叫咀：哭的意思。
③姐婆冇脉介：外婆没
有什么东西的意思。

排排坐，噬田螺①；

喝杯酒，夹块茄，

等𠊎夹来𠊎又冇。

阿公下河捡田螺，

田螺肉，丢进咀，

田螺壳，丢河背；

河背细仔爱叫咀②，

叫啊上，叫啊下，

叫到姐婆床底下；

姐婆冇脉介③，

拿只烂冬瓜。

二月二，龙抬头

（连州）

二月二，龙抬头，
春雨落得遍地流；
洒青灰①，照房梁，
蝎子蜈蚣无处藏。

二月二，龙抬头，
虫子蚂蚁往外游；
炒金豆②，理新头，
家家户户擦犁头。

二月二，龙抬头，
龙不抬头我抬头；
大仓满，小仓流，
家家户户鞭耕牛③。

注释：
①洒青灰：指撒石灰消毒的活动。
②炒金豆：指用玉米来炒爆米花。
③鞭耕牛：指牵牛犁地开耕。

月光光

（英德）

注释：
①滴筒：这一块的意思。
②嘎筒：那一块的意思。

月光光，秀才郎，

才郎公，好栽葱；

葱发芽，好煮茶，

茶花开，李花红；

杀只鸡子做两筒，

滴筒①好，嘎筒②好；

滴筒留来归大嫂，

嘎筒留来归细嫂；

大嫂归来会管家，

细嫂归来会绣花。

禾雀子

（连南）

禾雀子，搬沙沙，

搬到婆婆树头下。

婆婆出来供鸡子①，

娣娣②出来拗梅花。

梅树上，一瓷油，

留敆三叔讨老婆，

老婆讨倒三十九；

有梳头，冇洗手，

白米办乌饭，

糯米蒸酸酒。③

注释：

①供鸡子：喂鸡的意思。

②娣娣：指弟弟。

③办乌饭、蒸酸酒表示"三叔的老婆"不会干活。

新娘出嫁（刘沅声泥塑作品）

月光影影

（连山）

注释：
①姐婆：指外祖母。
②矢嘎嘎：叫唤、打招呼的意思。
③姐公：指外祖父。
④仗个也：指作揖。
⑤呵呵呐：指说话讽刺或呵斥。
⑥东杓麻：指用头顶着水勺。

月光影影，

花儿吊颈；

伯公烧香，

泥鳅钻井。

鸡公骑马，

一骑骑到姐婆①门槛下。

姐婆出来矢嘎嘎②，

姐公③出来仗个也④；

舅姆出来呵呵呐⑤，

舅舅出来笑哈哈，

细仔出来东杓麻⑥。

落大雨①

（清新）

落大雨，

吹大风，

淋死坑边撑牛公；

撑牛公，

冇屋住，

住石窿。

石窿冇米煮，

煮虾公；

虾公熟，

跳落锅；

虾公生，

跳落坑。

注释：
①这首童谣唱出了"撑牛公"的贫苦生活，也是许多山区孤寡老人的生活写照。

踏粄（刘沅声泥塑作品）

六月六

（廉江）

六月六，

稔子结花笃①。

七月七，

稔子赤吉吉②。

八月八，

稔子乌一节③。

九月九，

稔子好浸酒。

十月十，

稔子捡秋及。

发大风

（香港）

发大风，落大水，
打走细番鬼①。
细番鬼，去寻柴，
寻倒两只烂挞鞋②。
卖倒两只累③，
扣稳屎忽④嘟嘟归。

注释：
①细番鬼：指洋人。
②烂挞鞋：指烂拖鞋。
③两只累：指几个碎钱。
④扣稳屎忽：指夹着
屁股。

伯公下①

（台湾）

注释：
①这首童谣真实地反映了客家人初到台湾生存的困难，也表现出客家人的豁达乐观精神。
②项来：指起床。
③涣水花：指洗涮锅头。
④镬头：指锅。

伯公下，十八家，

朝朝项来②涣水花③，

涣净镬头④冇米煮，

冇米煮，煮泥沙。

冇床睡，睡田下；

冇被盖，竹叶遮；

冇菜食，食树芽。

麻雕累^①

（南康）

麻雕累，照壁飞。

冇爷冇嫲^②净吃亏，

哥哥喊你台上食，

嫂嫂叫你灶背企^③。

嫂嫂佐会嫁^④，

嫁到南塘坝，

又有钱，又有蔗，

花生果子剥到夜。

注释：
①麻雕累：指小麻雀。
②冇爷冇嫲：指没有父母。
③灶背企：指站在炉灶背面。
④佐会嫁：指我会出嫁。

萤火虫

（赣州）

注释：
①养底牛、养底马：养头牛、养头马的意思。
②话：指话。
③婆姥：指媳妇。
④唔晓：指不会。

萤火虫，萤火尾，

映到奶奶床头背。

养底牛，犁大丘，

养底马，下赣州。①

赣州路上一盆花，

摇摇摆摆结亲家。

亲家门口一口塘，

养只鲤鱼八尺长。

老弟话②要蒸酒吃，

哥哥话要讨婆姥③。

讨个婆姥十八岁，

唔晓④推砻唔晓得打碓。

打一前，打一退，

打开园门割韭菜。

韭菜叶，好装碟，

韭菜杆，好吊颈。

吊得猴子屋背岭，

猴子挖你屁股眼。

新人子^①唔要叫^②

（赣县）

新人子唔要叫，

哥哥背你来上轿，

老公牵你来下轿。

过只田塍过只坳，

打个爆竹就会到。

唔见你家石灰屋，

只见你家石灰灶，

灶角有只鸭婆呱呱叫。

灶角一条蛇，

以为是你爷；

灶角一把台扫，

以为是你娘姥；

灶角一脚盆，

以为是你舅婶。

注释：
①新人子：新娘子的意思。
②唔要叫：不要哭泣的意思。

迎亲（刘沅声泥塑作品）

蛤鲃鲶子①嫁老公

（大余）

注释：
①蛤鲃鲶子：指蝌蚪。
②崽子：指男孩子。

落大雨，起大风，

蛤鲃鲶子嫁老公。

嫁得老公大路上，

养只崽子②打当当。

嫁得老公矮档档，

煮介饭菜喷喷香。

嫁得老公高架架，

煮介饭菜烂渣渣。

暗摸摸
（上犹）

暗摸摸，老鼠多，

唔没咬俚①，

咬阿哥。

阿哥好，

咬大嫂；

大嫂歪，

咬阿奶；

阿奶唔啊唔，

吓得老鼠系进垅②。

注释：
①唔没咬俚：不要咬我的意思。
②系进垅：进入洞中的意思。

鼓鼓鼓^①

（崇义）

鼓鼓鼓，两头钻入土；

桥桥桥，两头翘；

船船船，隆隆转；

峇峇峇，一包虫；

蛋蛋蛋，一煲饭；

拿拿拿^②，一大挂；

豆豆豆，一只东西三只口。

粽子香①

（信丰）

粽子香，香厨房。

艾叶香，香满堂。

桃枝插在大门上，

出门一望麦儿黄。

这儿端阳，

那儿端阳，

处处都端阳。

注释：

①这首童谣描绘了客家人过端午节的习俗，反映了节日的快乐气氛。

老鼠嘚

（龙南）

老鼠嘚，唧唧叫，

叫什格①？叫锁匙。

叫到锁匙舞什格②？

开间门，开到间门舞什格？

拿蒁刀，拿到蒁刀舞什格？

倒竹嘚，倒到竹嘚舞什格？

做箕箕，做到箕箕舞什格？

滤灰水，滤到灰水舞什格？

做粄嘚，做到粄嘚舞什格？

去驰③边，驰边在耐嘚④？

在天上，样般⑤上？

三根丝线吊呐上。

样般下？

大风大雨刮呐下。

斗鸡鸡斗虫虫

（定南）

斗鸡鸡，斗虫虫，

虫虫咬了妹妹手。

走了，飞了，

飞到婆婆瓦上，

生了一个寡蛋①，

留得妹妹拌冷饭。

注释：

①寡蛋：指孵不出鸡仔的普通鸡蛋。

月光光①

（寻乌）

注释：
①这首童谣曾被收入毛泽东《寻乌调查》一文。
②项起：指起床。
③烂屋壳：指破房子。
④谙靓：指再漂亮的。
⑤谙好：指再好的。
⑥瞎眼棍：指文盲。

月光光，光灼灼。

𠊎跌苦，你快乐。

食也冇好食，

着也冇好着。

年年项起②做，

总住烂屋壳③。

谙靓④女子冇钱讨，

害𠊎穷人样得老。

谙好⑤学堂𠊎冇份，

有眼当只瞎眼棍⑥。

排排坐

（铜鼓）

排排坐，食果果，

赢饭菜，揪耳朵，

耳朵痒，泪汪汪。

你问𠊎，𠊎姓张，

铜鼓石下是家乡。

老乡莫客气，

有事𠊎来帮。

杀只猪，宰只羊，

捡幢屋①，补扇墙②。

大事小事要相帮，

莫做无情白眼狼。

注释：
①捡幢屋：指维修屋顶漏水的烂瓦的活动。
②补扇墙：指修补房屋墙体的活动。

田里豆子开红花

（井冈山）

注释：
①回老家：指重新获得
山林土地资源。

田里豆子开红花，

红军来了笑哈哈。

土豪劣绅都打倒，

山林土地回老家①。

亲家母

（宁都）

亲家母，坐坐来，

在你女那食了斜介①菜？

食了青菜。

斜介青？竹叶青。

斜介竹？黄竹。

斜介黄？蛋黄。

斜介蛋？鸭蛋。

斜介鸭？虎鸭。

斜介虎？老虎。

斜介老？根根老。

斜介根？吹打根②。

斜介吹？皮皮吹。

斜介皮？杉皮。

斜介杉？天杉。

斜介天？落雨天。

斜介乐？快乐。

斜介快？木子筷。

斜介木？磨快刀子割你肉。

注释：
①斜介：什么的意思。
②吹打根：指吹唢呐。

有女嫁汀州

（瑞金）

注释：
①画眉豆：指四月成熟的眉豆，也叫扁豆。
②好得：幸好有的意思。
③唔要：不要的意思。

画眉豆①，弯勾勾，

有女嫁汀州。

汀州雨滴滴，

赣州雨采采，

好得②哥哥撑树排。

树排摇摇倒，

唔要③跌倒姐姐格花轿脑。

出嫁队伍（刘沅声泥塑作品）

四四方方一张台

（永定）

四四方方一张台，
年年读书𠊎也来。
你读三年不识字，
𠊎读三年考秀才。

端张凳子①阿婆坐

（安远）

注释：
①端张凳子：搬张凳子的意思。
②雕：鸟雀。
③矗：跳的意思。

端张凳子阿婆坐，

阿婆坐唔稳，

跌落广东省。

广东一只鸡，

吓得阿婆飞啊飞。

广东一只狗，

吓得阿婆走啊走。

广东一条蛇，

吓得阿婆爬啊爬。

广东一只雕②，

吓得阿婆矗③啊矗。

嫂嫂不要嫌

（全南）

冇爷冇嫷①真可怜，

房里梳头嫂嫂嫌，

灶前梳头哥哥骂，

嫂啊嫂，不要嫌，

耐烦带㑔三五年，

等到人家来讨㑔②，

银子花边③找饭钱④。

注释：
①冇爷冇嫷：指没有父母。
②讨㑔：娶我的意思。
③花边：指银圆。
④找饭钱：指计算伙食费。

鸡公子①，啄尾巴

（长汀）

注释：
①鸡公子：指小公鸡。
②鸡子：指小鸡。

鸡公子，啄尾巴，

啄到婆婆树底下。

婆婆出来看鸡子②，

姊姊出来拗桃花。

桃花开，李花开，

张郎打鼓李郎吹，

吹到姊姊心头花花开。

灯盏糕

（连城）

灯盏糕，溜溜圆，
又想食，又冇钱。
灯盏糕，扁那那①，
又想食，又还热②。
你一个，偓一个，
大家都来食一个。

注释：
①扁那那：扁平扁平的意思。
②热：这里指烫人。

月光华华

（武平）

月光华华，

烧酒煎茶。

茶一杯，酒一杯，

叮当叮当讨新妇。

讨个新妇矮墩墩，

蒸个饭子香喷喷。

讨个新妇高喃喃，

挑担谷子好清闲。

讨个新妇笑嘻嘻，

三餐唔食肚唔饥①。

讨个新妇嘴嘟嘟，

欢喜食甜也食苦。

食得苦，唔怕苦。

唔怕苦，脱得苦。

脱得苦，有福享。

有福享，爱回想。

十二生肖

（漳平）

一鼠贼仔名，二牛把田耕。

三虎爬山坪，四兔游东京。

五龙皇帝命，六蛇吓人惊。

七马走兵营，八羊食草岭。

九猴爬树头，十鸡啼三声。

十一狗仔看门口，十二猪是菜刀命。

长竹竿

（永安）

注释：
①斜介：什么的意思。
②娘囡：指女儿或姑娘。

长竹竿，晾红柑。

短竹竿，拍媒人。

拍啊媒人做斜介①？

拿啊娘囡②放差人。

月姑姑

（三明）

月姑姑，月葫芦。

割把草，割把芦。

牛母吃一把，

牛仔吃一束。

牛儿吃饱会犁田，

犁好田地好种谷。

嗒嗒且
（宁化）

注释：
①老娣：指弟弟。

嗒嗒且，
带老娣①。
老娣唔，
摘豆角。
豆角有开花，
老娣跌倒田坎下。

月光光，夜夜光

（尤溪）

月光光，夜夜光，船来等，轿来扛。

扛到李屋场，点火看新娘。

新娘十分亲，扛去下汤坑。

汤坑三铺路，猪肉煮豆腐。

豆腐密密溶，阿妹拿竹筒。

竹筒冇米装，阿妹出外乡。

外乡有么人①？外乡有母舅。

大舅打个大灯笼，细舅打个洋灯芯。

上间点火下间光，照见新娘换嫁妆。

大个盘来十八笼，细个盘来十八箱。

吂②开笼，先开箱，衣裳有花又有黄。

畅到哈哈笑，就来着衣裳。

拿出这件嫌过短，拿出该件又式长。

几箱衣裳无件好，紧想紧真紧心伤。

注释：
①有么人：有什么人的意思。
②吂：还没有的意思。

一托①竹

（梧州）

注释：
①一托：第一层的意思。
②箸：指筷子。
③行开：走开的意思。

一托竹，二托木，

托到观音起大屋。

大屋种冬瓜，

细屋种枇杷。

枇杷煲韭菜，

一人一箸②好行开③。

太平天国天军歌①

（平南）

不怕清妖兵马足，

天军引他到山麓。

好比番薯堆进灶，

大大小小一窝熟。

注释：

①因太平天国起义队伍中大部分人是客家人，所以传说他们的军歌也是以客家话撰写而成的。

金田起义歌

（桂平）

注释：
①食朝：吃早饭的意思。
②孟群：即李孟群，时任桂平县（今广西桂平市）知县。

一打南京，二打北京；

牛骨沦尽，豆豉发瘟。

先打金田出江口，

攻下浔州再食朝①。

贵县有个石达开，

骑着白马过江来。

来到金田同起义，

营盘搭起指挥台。

龙山有个石达开，

骑着白马过山来。

横渡鸳滩金田去，

吓得孟群②口呆呆。

矮凳唶①

（平江）

矮凳唶，坐矮磨，

凤凰来砌窝。

窝唶砌得篮盘大，

人家问我几姊妹。

去年嫁一个，

今年嫁一双。

三年骑马来看哥哥，

不吃哥哥的甜米饭，

不穿嫂嫂的出嫁衣。

吃爷饭，穿娘衣，

要哥哥嫂嫂话冇哩②。

要竹尾，搭竹尾，

爷娘带我十八岁。

话我心，疼我心，

爷娘把我疼在心。

注释：
①矮凳唶：指矮凳子。
②话冇哩：指没有闲话可说。

月光光

（浏阳）

注释：
①同拜拜：指结拜兄弟。
②捡哒金鸡坨：捡到一块金块或金砖的意思。

月光光，夜光光，

菠萝树上好装香。

两个伙伴同拜拜①，

上拜拜，下拜拜，

拜到明年正月有世界。

世界不奈何，

捡哒金鸡坨②。

月亮弯

（茶陵）

月亮弯，弯上天。

牛角弯，弯两边。

镰刀弯，割禾草。

犁头弯，耕禾田。

斋公①斋婆②

（炎陵）

斋公斋婆，骑马过河。

跌死斋公，救到斋婆。

斋婆告状，告到和尚。

和尚念经，告到观音。

观音拂水，吓到野鬼。

野鬼造事，请来道士。

道士作法，请来菩萨，

菩萨捡到冇办法。

捉狗仔^①

（安仁）

东走走，西走走，

一走走到南门口。

碰到一条老花狗，

排佢一棍，咬𠊎一口。

老板老板开门啰，

开门做脉介^②？

捉狗仔，

狗仔还冇开眼睛。

也要捉。

冇得你捉。

打掌掌

（资兴）

注释：
①禾堂：指打谷或晒谷
的禾场。

打掌掌，扫禾堂①，

蒸缸酒，过重阳，

重阳烧酒桂花香。

一条萝卜一条姜，

烧点老酒喷喷香。

三岁郎①

（桂东）

十八大姐三岁郎，

新郎夜夜寻爹娘。

站起还有扫帚高，

睡倒也有枕头长。

日里屙屎满裤裆，

夜里拉尿满眠床。

深更半夜寻奶食，

硬把大姐当成娘。

注释：

①这首童谣真实地记录
了封建社会旧式婚姻
中，女性凄凉和悲惨的
生活状况。

月光光

（汝城）

月光光，照津江，

月光圆，照西垣。

西垣两点女介①捶白衫，

白衫捶起白松松。

两点女介嫁老公。

唔要媒英②唔要钱③；

三支香，两支烛，

打封虫子④就入屋。

跳绳歌

（江华）

燕子，燕子快进来。

燕子，燕子转个身。

燕子，燕子摸下地。

燕子，燕子飞出去。

月亮光光

（新田）

注释：
①团鱼：指甲鱼、水鱼。
②濑饭：米饭的一种，
米加水煮一煮，捞起来
放到饭甑上蒸熟。

月亮光光，月亮球球，

我在天边放水牛。

水牛过沟，踩死泥鳅，

泥鳅告状，告到和尚。

和尚念经，告到观音，

观音钓鱼，钓到团鱼①。

团鱼生个蛋，给来送冷饭，

冷饭冷得哭，濑饭②还没熟。

张打铁

（双流）

张打铁，李打铁，

打把剪刀送姐姐。

姐姐留我歇^①，

我不歇，姐姐床上有个大狗虱^②，

把我耳朵咬个缺。

张补锅，李补锅，

快来补我的烂耳朵。

注释：
①歇：指驻夜休息。
②狗虱：跳蚤。

月亮走

（新津）

月亮走，我也走，
我给月亮买烧酒。
烧酒辣，买黄蜡，
黄蜡苦，买豆腐。
豆腐嫩，买根棍，
棍子一撑出了城。
出了城，抬头看，
月亮还在头顶上。

你姓啥

（温江）

你姓啥，我姓唐。啥子①唐，芝麻糖。

啥子芝，河芝。啥子河，大河。

啥子大，天大。啥子天，广东天。

啥子广，湖广。啥子湖，茶壶。

啥子茶，清茶。啥子清，杨柳青。

啥子杨，咪咪羊。啥子咪，十八咪。

啥子十，保管室。啥子保，元宝。

啥子元，桃园。啥子桃，仙桃。

啥子仙，神仙。啥子神，鸡脚神。

啥子鸡，烂筲箕。啥子筲，马鞭筲。

啥子马，文殊马。啥子文，屙啪尖尖屎。

给你慢慢闻。

注释：
①啥子：什么的意思。

菱角子

（都江堰）

注释：
①唔得闲：没有空闲时间的意思。
②放撇：放下的意思。
③目汁：指眼泪。

菱角子，角弯弯，

大姊嫁在菱角山。

老弟骑牛等大姊，

大姊割禾做事唔得闲①。

放撇②禾镰拜两拜，

目汁③双双流落田。

斑竹桠

（彭州）

斑竹桠，紫竹桠，
对门十户结亲家。
亲家儿子会跑马，
马家女儿会剪花。
大姐剪朵牡丹花，
二姐剪朵芍药花。
三姐剪不来，
放下剪刀纺棉花。
纺棉一条又一条，
拿给哥哥接嫂嫂。

蝈蝈阳①

（新都）

注释：
①蝈蝈阳：杜鹃鸟啼叫声。
②后妈娘：继母的意思。

蝈蝈阳，蝈蝈阳，
有钱莫接后妈娘②。
亲娘杀鸡留鸡腿，
后娘杀鸡留鸡肠。

送茶谣

（什邡）

大田栽秧排对排，
望见细妹送茶来。
只要细妹心肠好，
三天送你大花鞋。

雁鹅①

（德阳）

注释：

①在乡村每到秋收时节，雁鹅就成群结队南飞。小孩子们就会边仰望雁阵，边叫唤"割禾""耆谷""筛米""纺线"的请求口令，期盼雁阵排出相应的队形来呼应，其乐无穷。

②赶场：指赶集或赴圩。

雁鹅，雁鹅，喂喂，

扯长，扯长，

扯根竹杠晾衣裳。

案板底下有碗糖，

请你吃了去赶场②。

缺牙耙

（广安）

缺牙耙，耙猪屎；

耙一箩，送外婆；

耙一斗，蒸甜酒。

鸦雀雀①

（三台）

鸦雀雀，尾巴长，

娶了媳妇忘了娘。

爷爷扔在山沟里，

老娘拴在过道上。

大鸡小狗都骂它，

鸦雀雀，坏心肠。

数脚斑斑

（广汉）

数脚斑斑，

脚踏南山。

南山过陡，

白米二斗。

猪蹄马蹄，

照样扯蹄。

乌龟缩脚，

一缩缩个弯牛角。

仪陇城

（仪陇）

好个仪陇城，

山高路不平。

三天不下雨，

脸都洗不成。

打平伙①

（盐亭）

烟烟烟，莫烟我，

我跟猪仔打平伙。

你吃肉，我喝酒，

你吃光了我还有。

注释：

①打平伙：餐费平摊，即 AA 制聚餐的意思。

八月十五月亮光

（合川）

八月十五月亮光，

强盗起来偷尿缸。

瞎子看到在翻墙，

聋子听到敲门响。

抓抓紧紧忙拿枪，

跛子追去下了床。

绩麻歌

（荣昌）

幺妹①要勤快，

勤快要绩麻。

三天麻篮满，

四天崩了弦。

灯光彻夜光，

机声轧轧响。

幺妹心手巧，

麻布靓上庄②。

注释：
①幺妹：指小姑娘。
②上庄：指上好的品质。

月亮月亮光光①

（富顺）

注释：
①经三百多年的交流融合，富顺域内的客家人已渐渐融入本地，客家文化特征已不明显。

月亮月亮光光，

芝麻芝麻香香。

烧死麻大姐，

气死幺姑娘。

姑娘不要哭，

买个姥姥打鼓鼓。

鼓鼓叫唤，

买个灯盏。

灯盏漏油，

开花枕头。

跳绳歌

（简阳）

黄葛树，黄葛桠，
黄葛树下是我家。
我家有个好姐姐，
姐姐名叫马兰花。
马兰花开二十一，
二五六，二五七，
二八二九三十一。
三五六，三五七，
三八三九四十一。
四五六，四五七，
四八四九五十一。
五五六，五五七，
五八五九六十一。
六五六，六五七，
六八六九七十一。
七五六，七五七，
七八七九八十一。

八五六，八五七，

八八八九九十一。

九五六，九五七，

九八九九一百零一。

新编客家童谣

榕树下，𠊎屋侪①

注释：
①这首童谣作品入选
"第四届世界华语童谣童
诗大赛"。
②𠊎屋侪：指我的家。
③厅下：指在房屋内设
置的厅堂。
④唔：不的意思。

美育创意：
榕树、围龙屋、池塘、
莲花等都是客家乡村司
空见惯的物象，也是客
家儿童熟悉的物象。它
们是客家乡村独特的标
志性元素，也是客家人
寄托乡愁的重要载体。
这首新编的童谣作品旨
在培养少年儿童爱家爱
乡的情怀，长大后无论
身在何处都能记住根脉
所在。

榕树下，𠊎屋侪②。

屋侪好大围龙屋，

有间有灶有厅下③。

厅下门口有池塘，

池塘莲花靓又香。

榕树下，𠊎屋侪。

屋侪人多好热闹，

过年过节打纸爆。

纸爆响，对联红，

正月十五吊灯笼。

榕树下，𠊎屋侪。

屋侪时时心肚记，

记住屋侪闯天下。

闯天下，唔④容易，

发唔发达想屋侪。

月光光①

月光光，照莲塘，
莲叶青，荷花香，
塘水清清鱼儿畅。

月光光，照莲塘，
莲塘边，起学堂，
学堂新新真漂亮。

月光光，照学堂，
伙伴多，书声琅，
功课棒棒报爷娘。

注释：
①这首童谣作品入选
"首届世界华语童谣童
诗大赛"。

美育创意：
月光、莲塘、鱼儿、学
堂、伙伴、书声等，都
是客家儿童在启蒙阶段
熟悉而亲切的物象。这
首童谣作品通过对这些
物象的有机连缀，给儿
童营造了优美的学习氛
围，以激发儿童读书的
兴趣，增强他们学习的
积极性。

做姐婆①，眯眯笑

注释：

①姐婆：指外祖母。

②项身：指起床。

③银珠帽：客家地区富
有地方特色的儿童帽子，
用手工粗布制作，帽身
镶嵌八仙人物银片，帽
檐镶嵌银珠，前檐有流
苏摆，后檐有长尾。

④着稳戴稳：穿好（鞋）
戴好（帽）的意思。

美育创意：

姐婆，是儿童心灵深处最
慈祥、亲切的母性长辈，
是人们从小到大最为牵
挂、最为思恋的长辈。
这首童谣作品通过描述
"做姐婆"的快乐心情，
以及姐婆的勤快，塑造
乐观勤劳、充满爱心的
客家妇女光辉形象。

做姐婆，眯眯笑，

半夜项身②做鞋帽。

做好一双小花鞋，

又做两顶银珠帽③。

做姐婆，眯眯笑，

半夜项身送鞋帽。

过了一座山，又过两介坳。

天光日出才送到，

外孙着稳戴稳④光耀耀。

小宝小宝笑一笑

小宝小宝笑一笑，
笑到满姨①过来了。
满姨买来糖和饼，
小宝食到甜又甜。

小宝小宝笑一笑，
笑到舅爷过来了。
舅爷买来帽和衫，
小宝着稳靓又靓。

小宝小宝笑一笑，
笑到姐婆过来了。
姐婆带来红鸡蕾②，
小宝食大赚金银。

注释：
①满姨：指小姨。
②蕾：指鸡蛋。

美育创意：
面对一个新生命的降生，除了父母以外，外祖父母、小姨小舅等亲人也同样倍感欣慰。
这首童谣作品描写了不同长辈与幼儿玩耍逗趣的场景，表现欢乐温馨的氛围。

小黄鸭①

小黄鸭，呷呷呷。

游脚盆，打肋赤②。

陪宝宝，洗白白。

小黄鸭，呷呷呷。

水暖暖，唔使③怕。

洗头头，眼睛闪。

小黄鸭，呷呷呷。

洗净身，修指甲。

宝宝小鸭比比赛，

看看耐只④身更白。

打翘马①

公园里，大树下，

妈妈带𠊎打翘马。

一边𠊎来坐，

一边坐阿妈。

阿妈坐下𠊎翘上，

阿妈企起②𠊎翘下。

翘上翘下来回打，

两人打得笑哈哈。

注释：

①打翘马：指玩跷跷板。

②企起：指站起来。

美育创意：

玩跷跷板是儿童喜欢的游戏之一。妈妈带上宝宝在公园里玩跷跷板，可以培养儿童的合作精神，同时吟诵这首童谣，更添欢乐气氛。

拦羊哩

美育创意：
相信如今上了年纪的客家人，在儿童时期大都玩过老鹰抓小鸡的游戏。拦羊哩也属于这类游戏，只是各地的叫法不同而已。随着社会经济的发展，乡村居住单元的分散化和碎片化，已鲜有儿童在月圆的夜晚，于地堂草坪上集体玩游戏的场景了。
创作这首童谣作品，主要是希望这类加深情感、培养才智的团队合作游戏，能够代代传承，让儿童快乐成长。

角色：A. 老狼　B. 放羊娃　C. 羊羔群

说明：这个游戏需要 5 人以上参加，一人扮 A（老狼），一人扮 B（放羊娃），其余人扮 C（羊羔），排在 B（放羊娃）后面，每人依次牵住前面人的衣角。

放羊娃：老狼老狼借把刀。

老狼：借刀做脉介①？

放羊娃：借刀斫勒搓②。

老狼：斫到勒搓做脉介？

放羊娃：斫到勒搓围篱笆。

老狼：围好篱笆做脉介？

放羊娃：围好篱笆种青菜。

老狼：种好青菜做脉介？

放羊娃：种好青菜养绵羊。

老狼：绵羊养到几多只？

放羊娃（数身后人数，若是十个，则答）：养到绵羊有十只。

老狼：送只俾^③倕食。

放羊娃：唔俾。

老狼：唔俾倕就抢。

放羊娃：唔俾抢，

羊羔（准备）：唔俾抢！（齐声）

老狼：就爱抢……

放羊娃双手横着打开，拦住老狼不让他抢羊羔。老狼往左边跑，放羊娃就往左跑，羊羔群牵住衣角往右摆；老狼往右跑，羊羔群则往左摆。

如此反复，斗智斗勇。被老狼抓住的羊羔离队，站在指定区域，羊羔若全部被抓住，则游戏结束。

驶铁圈①

桶铁箍，圆又圆，
套上推柄地堂转。
只只快快往前推，
比比耐只推得远。
推得远，一圈圈，
圈圈变着花样转。

花样转，玩得欢，
忽然阿公大声喊，
钉②只烂桶出来看；
出来看，气喘喘，
转身抽条打牛鞭，
举鞭来将屙斗③赶。

美育创意：
在童年诸多竞技、娱乐的游戏项目中，驶铁圈是最富有故事性和戏剧性的。有些儿童为了练就超群的技术，会偷偷把家里箍木水桶的铁圈卸下来玩。家人如在不知情的情况下继续使用水桶，就会桶散水洒。顽皮的孩子也会因此受到怒气冲天的大人的一顿揍。
这首新编童谣作品主要是回忆童年时的见闻，唤起同时代人或同龄人的美好回忆。

捉泥鳅

湖洋丘①，收完秋，
捉泥鳅，滑溜溜。
细妹钉竹篓②，
阿哥拿铁锹。
深一锹，浅一锹，
捉满一篓黄溜溜。

剐泥鳅，滑溜溜，
山茶油，煮泥鳅。
煎好蛋皮加粉丝，
一煮煮到半镬头。

阿公食，慢悠悠，
阿爸食，雄纠纠；
老弟食到满面油，
侪家食到唔够喉③。

注释：
①湖洋丘：指烂泥田。
②钉竹篓：指提竹篓。
③唔够喉：还想吃的意思。

美育创意：
客家地区秋收结束以后，渍水的烂泥田里往往藏着许多滑溜肥壮的泥鳅。不怕冷、不怕脏的儿童会带上工具结伴捉泥鳅，在大多数情况下都收获颇丰。回家后把抓到的泥鳅放在瓦缸中清养，积攒到一定数量，就会根据客家人传统的做法，将泥鳅做成一道全家人都爱吃的美味菜肴。
这首新编童谣作品既可以激发儿童劳动的乐趣，又能启发兄妹分工协作，使全家共同享受劳动成果。

雁鹅

雁鹅,雁鹅,

天上唱歌。

雁鹅,雁鹅,

帮𠊎割禾。

雁鹅,雁鹅,

帮𠊎砻谷。

雁鹅,雁鹅,

帮𠊎筛米。

雁鹅,雁鹅,

帮𠊎纺线。

雁鹅,雁鹅,

春天来过。

布谷鸟

布谷鸟，谷谷谷，
飞进家，探伙屋①。
伙屋阿婆忙煮饭，
看看饭菜熟唔熟。

布谷鸟，谷谷谷，
飞田野，叫布谷。
布谷阿公快快回，
香香早饭已煮熟。

注释：
①伙屋：客家人将厨房称为伙屋，一是因为做饭需要用薪柴烧火；二是几个小伙伴会利用下雨天忙中偷闲，在厨房"打斗聚"，分工合作，制作和共享客家美食。

美育创意：
布谷鸟是益鸟，是春天的鸟，是快乐的鸟。
这首新编客家童谣将布谷鸟拟化成家庭一员，令其在乡村春天耕种的时节里帮忙传递信息；让儿童感受布谷鸟的可爱和春天劳动的氛围。

上屋哥

上屋哥，名孝良，
赴圩①买饼接阿娘。
店老板，见得常，
人人买饼接细仔，
稀奇买饼接老娘。
店老板，也大方，
买一两，送两两，
奖赏孝良敬老娘。

注释：
①赴圩：到集市上做买卖。客家乡村经常会有每逢一四七，二五八或三六九日赴圩的风俗。

美育创意：
孝敬父母、尊敬老人是中国社会永恒的话题，也是客家人永恒的话题。这首新编客家童谣的主人公是人们熟悉而又可亲可敬的孝良哥，他就像是家中的某位兄弟，或是邻舍某位阿哥。通过"孝良哥""店老板"的事迹，培养儿童孝敬老人的爱心。

大清早

大清早，空气好，
𠊎同小鸟一样早。
小鸟树上喳喳叫，
𠊎在树下做早操。
做早操，真精神，
精神碌碌①人聪明。

人聪明，样样明，
读书写字学得精。
学得精，有黄金，
知识成绩有长进。

注释：
① 精神碌碌：精神饱满、充满活力的意思。

美育创意：
一年之计在于春，一日之计在于晨。早起锻炼、劳作、诵读是中国人的良好传统，也是珍惜时间的表现。
这首新编客家童谣启示少年儿童起早锻炼的好处，使其养成早起锻炼的良好习惯。

嗡嗡嗡

注释：
①乌蝇：指苍蝇。
②粪缸：指厕所。

美育创意：
格物致知是中国哲学中的重要概念。物以类聚，人以群分。格物重要，格人也很重要。所谓"近朱者赤，近墨者黑"。
这首新编客家童谣警示少年儿童要见贤思齐，好学上进，不要与坏人同流合污。

嗡嗡嗡，嗡嗡嗡。

蚊哩跟乌蝇①，

蝴蝶跟蜜蜂。

跟到乌蝇贪污秽，

跟到蜜蜂爱勤快；

跟到乌蝇进粪缸②，

跟到蜜蜂采花香。

八月十五看月光

八月十五看月光，

看到鲤鱼腾水上。

鲤鱼唔怕龙门高，

鲤鱼唔怕鱻大江。

读书莫怕学堂远，

读书莫怕文章长。

读到书来唔怕考，

跳过龙门喜洋洋。

美育创意：

八月十五是中国传统佳节，在这样美好的节日里，一家人团聚赏月，不免向月亮祈许一些美好的愿望，例如儿童读好书，将来有出息。

这首新编客家童谣，通过月光、鲤鱼等意象鼓励儿童认真学习、勤奋上进。

月光光，照围龙

注释：
①劏鹅劏鸭劏鸡公：指杀鹅、鸭、鸡。
②唰：喝的意思。

美育创意：
围龙屋是客家人的住所，元宵节赏花灯是客家人传统而隆重的节日风俗。聚居的客家人对元宵节赏花灯的重视超越所有的传统节日。其中蕴含了族群繁衍、族人团结、家业兴隆等诸多文化因素。
这首新编客家童谣通过对元宵节围龙屋赏花灯的场面描写，展示热闹欢乐的场景，激起儿童对这一节日的记忆。

月光光，照围龙，

围龙屋里闹元宵，

亲人客人齐聚拢；

花灯闹，对联红，

爆竹声啪啪，

锣鼓声咚咚。

月光光，照围龙，

围龙厅下响花灯，

屋里屋外吊灯笼；

响好花灯摆酒席，

劏鹅劏鸭劏鸡公①；

菜又香，酒又浓，

唰②到大爷伯叔面绯红。

清明节

小草绿，桃花红，

飘细雨，吹微风。

清明时节归乡去，

带上三牲①祭祖宗。

祖宗墓前拜三拜，

仗也②叩首又鞠躬。

一鞠躬：

当思根脉源祖宗；

再鞠躬：

光明正派耀祖宗；

三鞠躬：

祖宗保佑代代隆。

注释：

①三牲：客家人对祭品的俗称。

②仗也：指作揖。

美育创意：

清明节具有春天踏青、扫墓、缅怀祖先等要素，是中国孝道文化的重要组成部分。

这首新编客家童谣通过描写清明节扫墓祭祖的活动仪式，培养少年儿童敬祖爱家、积极向上的精神品格。

老榕树

美育创意:
老榕树是许多客家村落视为风景树、风水树的大型树种。树根发达,树干高大,枝叶繁茂,往往被视为族群繁盛的象征。树上的雀鸟以及树下乘凉老人口中的故事,都是客家儿童成长的美好记忆。

这首新编客家童谣旨在通过老榕树这个独特的意象,勾起人们童年快乐时光的记忆,引起人们的乡愁。

老榕树,高又高,
树冠盖上云飘飘。
大树旁边老屋老,
大树冠里多雀鸟。

老榕树,青又青,
树叶密密好遮阴。
树下热天吹凉风,
树上夜晡①火萤虫。

老榕树,老又老,
串串胡须树上吊。
爷爷树下讲故事,
侪家②听讲唔吵闹。

硬颈①硬颈

硬颈硬颈，天生爱赢。
死唔认输，总爱抗争。

硬颈硬颈，一身本领。
牛角唔尖，唔敢过岭。

硬颈硬颈，爱谋营生。
走南闯北，谙苦②唔声。

硬颈硬颈，唔怕牺牲。
耐里③跌倒，奈里返生。

注释：
①硬颈：指个性坚强耿直的人。
②谙苦：再苦再难的意思。
③耐里：哪里的意思。

美育创意：
客家人天生具有"硬颈"精神，他们的骨子里总有一种不服输、爱抗争的精神气概。有人文学者追溯这种精神特质的源头，是与客家人先祖大都是"衣冠南渡"的士族阶层有关。这首新编客家童谣既是对客家人"硬颈"精神的赞颂，也是激励少年儿童形成有骨气、有正气、不服输的精神品格。

客家赖子①

美育创意：
客家人具有四海为家的意识，中原士族一路南迁，逐渐形成了闯荡天下的精神气概。
这首新编客家童谣主旨是赋予勇闯天下的人们以正能量，启迪儿童要具有心怀天下、勇闯天下的志向。

客家赖子胆量大；
天不怕，地不怕；
背只行囊闯天下。

客家赖子心志大；
心多大，天多大；
天大地大世界大。

乌鹩鹩

乌鹩鹩，脚跳跳，

跳上树，呱呱叫。

有空耍贫嘴，

冇心梳羽毛，

整日毛发乱糟糟。

乌鹩鹩，脚跳跳，

跳下树，是非播。

总爱挑矛盾，

唔愿寻食饱①，

情愿肚饿咕咕叫。

乌鹩鹩，脚跳跳，

唔自强，弱娇娇。

冇力飞，冇力行，

冇力飞行爱跌跤②。

跌跤旁人都喊该，

话佢笑佢唔学好。

注释：
①寻食饱：寻找食物填饱肚子。
②爱跌跤：容易摔跤。

美育创意：
乌鹩鸟，客家话又称"乌鹩哩"。它是一种通体乌黑、爱鸣叫且叫声刺耳的鸟类。客家人通常用它来比喻不学无术的浪荡子。
这首新编客家童谣主要通过乌鹩鸟这一反面形象，警示少年儿童要脚踏实地学知识、求上进，不能不学无术、耍嘴皮子功夫。这首童谣作品入选"第二届世界华语童谣童诗大赛"。

燕哩窦①

美育创意:
燕子是春天的使者, 也
是人类的好朋友, 是喜
欢入驻乡村农家的"居
民"。每年春天到来,
燕子都会从南方飞回农
家, 在村舍的屋梁上筑
窝繁衍后代。
这首新编客家童谣通过
描写燕子筑窝孵出小乳
燕、乳燕学飞、乳燕陪
燕爸妈一起飞去外面世
界的过程, 一方面赞美
了燕子父母为养育后代
的辛勤劳作, 另一方面
鼓励小乳燕自强不息,
长大陪伴父母。激起少
年儿童对父母养育之恩
的感激之情, 教育他们
学好本领, 以实际行动
报答父母。

燕哩窦, 筑屋梁,
一窦乳燕冇毛羽,
冇毛冇羽身光光。

乳燕哩, 嘴黄黄,
双眼眯眯冇打开,
哔叽哔叽饿得慌。

燕爸妈, 忙又忙,
飞来飞去捉小虫,
捉来小虫喂仔尝②。

乳燕哩, 羽毛长,
羽毛长来快学飞,
好陪爸妈赏风光。

哔卜铳①

乌万籽②，哔卜铳，

铳铳对准都打中。

铳铳中，兴冲冲，

老弟细妹爱跟风。

老弟砍来计竹哩，

细妹摘来乌万籽。

计竹哩，来做铳，

装上万籽即时用。

细妹争先试一试，

老弟紧话俚谙知③。

你谙知，你来试，

铳铳冇响成哑屁，

搞到旁边细叔笑出鼻④。

注释：

①哔卜铳：用鲜嫩的小竹子制成的玩具，由铳管和铳针组成，铳针稍短于铳管。铳管装上乌万（丸）籽或湿纸团，先推一丸留在铳管中，再装一丸用铳针快速推进，受到管内空气压力，前丸则"哔卜"一声从铳管内射出。若制作手艺不好就会漏气，无力射出弹丸，也不会发出"哔卜"声。

②乌万（丸）籽：一种客家山区常见的小灌木野果，果实似绿豆、黄豆大小，未熟时呈青色稍硬，成熟时呈乌黑色可食，故称乌万（丸）籽。儿童常摘来充当哔卜铳的弹丸。

③俚谙知：我才懂的意思。

④笑出鼻：指笑出鼻涕。

美育创意：

在过去艰苦的岁月里，乡村儿童大多有自己动手制作玩具的经历，虽是贫穷所致，但也有一番乐趣。

这首新编客家童谣通过生动描绘兄妹俩跟风学做"哔卜铳"玩具失败的经过，让人们回忆童年的美好与快乐。

落水溦①

注释：
①落水溦：指细雨蒙蒙。
②鱼梁：一种传统的捕鱼方法。
③罶：装鱼的篓子。
④话：指讲话。

美育创意：
鱼梁捕鱼已有几千年的历史，是众多捕鱼方法中最古老、最科学且最具环保意识的方法。在客家地区乡村，至今仍保留着鱼梁捕鱼的传统。这首新编客家童谣通过对阿公鱼梁收鱼后与阿婆争执烹饪方式的戏剧性描写，反映乡村生活恬静快乐的场景，旨在唤醒人们回归田园生活，享受田园生活的美好。

落水溦，着蓑衣，

阿公鱼梁②去收鱼。

鱼梁架，水哗哗，

鱼哩满架白花花。

鱼乱跳，跳眼花，

跳出一条红鲤嫲，

赶紧装满一罶③钉回家。

钉回家，红鲤嫲，

阿公话④煎味道香，

阿婆话煮味唔差。

话下煎，话下煮，

鲤嫲一跳跳出罶；

话唔差，话好香，

鲤嫲再跳跳落塘。

跳落塘，眼望望，

剩下鱼仔炸来也喷香。

合作社①

合作社，经济烟②，
镍币钱③，八分钱。
阿狗快去买一包，
俾你叔公好耙田。

注释：
①合作社：指二十世纪
六七十年代在中国农村
地区设立的为商品流通
供给服务的供销合作社。
②经济烟：二十世纪
六七十年代最廉价的一
种香烟。
③镍币钱：指用镍、钢
等合金铸成的流通人民
币中的金属硬币；面值
为分，有一分、二分、
五分等币值。

美育创意：
这首新编客家童谣，主
要是还原过去集体经济
的乡村生活，也让儿童
对中国近代的历史有所
了解。

大飞机①

美育创意:
即使是在二十世纪八九十年代,飞机对于乡村的孩子们来说,都是新奇的东西,他们大都没有近距离看过飞机。造林绿化过程中,用"飞机播种"的方法,使生活在穷乡僻壤的孩子能够清晰地看到飞机飞行,体验它的轰鸣带来的震撼。
这首新编客家童谣描绘飞机播种过程以及山村孩子的反应,旨在让人们记住曾经的"消灭荒山,造林绿化"活动,明白当下青山绿水的来之不易。

大飞机, 飞得低,
来来回回像织机。
东山撒下沙沙粒,
一直撒到大山西。

大飞机, 做脉介②?
佢系造林播种机。
老弟唔识蛇屙屎③,
指稳就喊大娘咪④。

大娘咪, 飞得低,
又跑又喊追过去。
追过去, 气吁吁,
转眼飞过山坳里。
剩下隆隆机声好震耳,
震到老弟垂头又丧气。

打马灯①

年新新，打马灯，

阿旦②行车歌声清，

阿丑③浪伞④圈圈灵⑤。

圈圈灵，笑声盈，

阿旦唱歌阿丑应，

开口一唱正月正。

正月哩，啰嗬咳，

一唱唱到桃花开。

桃花开，喜春光，

家家户户春耕忙。

番季⑥耕种唱秋收，

秋收谷豆堆满仓。

谷满仓，天打霜，

霜天一到又过年，

年到又唱外出打工好返乡。

注释：

①打马灯：客家地区传统文娱活动，又叫打纸马，最早流行于东汉年间的中原地区。

②阿旦：打马灯戏的花旦，旦角。

③阿丑：打马灯戏的男丑，丑角，司幌伞。并不时接应帮腔阿旦的唱腔。

④浪伞：指打马灯戏的道具，即幌伞。

⑤圈圈灵：指不停地转动。

⑥番季：指农作物第二季，常指秋季。

美育创意：

歌舞戏"打马灯"相传起源于东汉末年在中原地区流行的民间歌舞戏"打纸马"，后随客家先民的迁徙而流传到客家地区。

这首新编客家童谣，旨在让少年儿童对民间艺术有初步的认知，也蕴含了光阴易逝，应珍惜时光的教育意义。

汪汪汪

注释：
①浸水：指溺水。
②唔晓：指不会。
③倕兜：我们的意思。
④伲兜：你们的意思。

美育创意：
小狗、小鸭都是小孩子们喜欢的小动物，也常是小孩子的玩伴。

这首新编客家童谣通过对小狗与小鸭的游戏描写，启示少年儿童在炎热的夏天要注意安全，远离山塘水库，防止溺水。该作品曾入选"第四届世界华语童谣童诗大赛"。

汪汪汪，呷呷呷，

小奶狗，扮鸭妈，

带着一群小黄鸭。

汪汪呷呷地堂转，

转来转去犯难了：

呷呷呷，小妈妈，

天气热，游水吧；

池塘清凉有莲花，

下去游水多好呀！

汪汪汪，小黄鸭，

唔晓游水唔敢下，

下去浸水①喂鱼虾。

呷呷呷，小妈妈，

唔晓②游水啥妈妈？

快带倕兜③下水吧。

汪汪汪，小黄鸭，

其实倕系假妈妈；

伲兜④妈妈下水了，

快去池塘游水吧！

火映虫

夜晡①风，火映虫，
飞上树，唧唧虫。
飞田丘，一窝蜂，
戍尾②只只吊灯笼。

火映虫，唧唧虫，
飞到西，飞到东。
同偓嬲③，去兜风，
一闪一闪点灯笼。

注释：
①夜晡：指晚上。
②戍尾：指屁股后面。
③同偓嬲：跟我一起玩的意思。

美育创意：
乡村的夏夜，萤火虫是常见的小昆虫，它飞行时会发亮，备受儿童喜爱。
这首新编客家童谣的主旨是让儿童对萤火虫有初步的认知。

春耕谣

注释：
①阿公阿婆：指爷爷奶奶，也可泛指老人。

美育创意：
春耕是乡村春天里最美丽、最温馨的图景。
这首新编客家童谣旨在让少年儿童感受春天的美好，对农人耕种的辛劳有所认知，进而热爱美丽的乡村。

燕子飞来，
桃李花开。
溪水唱歌，
竹木婆娑。
阿公阿婆①，
种豆种禾。

东江河

东江河，源安远，
流出大山下龙川。
河下龙川绕大弯，
水拥赵佗立龙川。

龙川立，下番禺，
东江奔海冇停息。
赵佗临危受遗命，
统一岭南武王立。

美育创意：
东江是广东境内三大河流之一，其发源于江西安远，流经河源、惠州、东莞等城市，于珠江口入海。秦将赵佗正是依托东江平定南越成功，先为龙川县令，后受封南越武王。
这首新编客家童谣旨在让人们对粤东北人民的母亲河以及开发岭南的赵佗有所认知。

高寨下^①

高寨下，油研车^②，
吱吱当当榨油茶。
细满仔^③，放学啦，
快快跑进油房下。
唔怕跌，唔怕骂，
坐上油车乐开花，
秆扫一打笑哈哈。

注释：
①高寨下：地名，作者老家，曾经设立村集体所有的榨油房。
②油研车：指客家地区传统榨山茶油工艺中用来研碎油菜籽的水力研车。研车由水车动力带动，由车架、车轮、轨槽等构成。工作时，将待研的油菜籽均匀倒入轨槽内，开动水车带动车轮不停地沿轨槽转动，直至将油菜籽研成碎粉。
③细满仔：指小孩。

美育创意：
客家山区多种植油茶树，油茶果熟后，果核即油菜籽，是用来榨取食用油的原料，山茶油被誉为"东方油王"，是上等的植物食用油。榨油房是客家地区榨取山茶油的作坊。
这首新编客家童谣旨在让人们回忆童年里古老而传统的榨油工艺作坊。

眛^①学懒

细满仔，眛学懒，
大来捡条乌头鲩。
放下笠嫲^②来捌筌，
笠嫲倾只雉鸡公；
省坏^③阿婆搭阿公，
全家欢喜乐融融。

注释：
①眛：不要的意思。
②笠嫲：斗笠的意思。
③省坏：指高兴得不行。

美育创意：
"懒"字是人生的大敌。
人能够克服懒惰，就可
以有所作为。
这首新编客家童谣旨在
启迪少年儿童勤劳刻苦，
长大后才能有所成就。

细佬哥①，学百艺

注释：
①细佬哥：指青少年。
②阿仔：指儿子。
③撞到：指遇见。

美育创意：
常言道："三十六行，行行出状元。"只要正确选择学本领的方向，坚持不懈，都会有所成就。不过，人生也有不可逾越的红线，其中"黄、赌、毒"就是不可触碰的"高压线"。这首新编客家童谣旨在警示少年儿童要培养优良品质，勤学本领，不要学坏，误入歧途。

细佬哥，学百艺，

有一事，要记牢。

长大学好走正道，

莫要花心去学嫖。

学嫖老来会心焦，

大水冲走龙王庙。

养到阿仔②你有份，

半路撞到③喊老表。

月光华华

月光华华，

照进厅下①；

厅下光光，

偃当学堂。

学堂学脉介②？

学堂学技艺。

技艺学几家？

偃学琴棋和书画。

学好琴棋和书画，

伴偃走遍天下都唔怕。

注释：

①厅下：指在房屋内设置的厅堂。

②脉介：什么的意思。

美育创意：

客家人教育小孩"爱学琴棋书画，唔学偷抢扒拿"，学好琴棋书画，可以走遍天下。可见客家人崇文重教是有其悠久的源头的。

这首新编客家童谣旨在激励少年儿童要把握时机学习，博采众长，只要学到真本领，走到哪里都能做出一番事业来。

西游记歌

美育创意:
《西游记》是中国四大名著之一。唐僧师徒四人的个性鲜明,具有很强的感染力,西天取经的故事,也被世代传诵。这首新编客家童谣简要介绍了四名主人公独特个性,旨在激发少年儿童对传统名著的兴趣,以及使其对《西游记》有初步认识。

唐三藏,骑白马,

唔怕雨,唔怕风,

背后跟只孙悟空。

孙悟空,跑得快,

斗魔王,打妖怪,

累坏吓呼吓呼猪八戒。

猪八戒,嘴巴长,

一心想回高老庄,

后面跟稳①沙和尚。

沙和尚,好善良,

老老实实揹家当②,

跟稳队伍到西方。

鹇鹇^①像朵大雪花

鹇鹇像朵大雪花，

快快飞来偃屋侪。

屋侪门前凤凰树，

搭只笼屋俾^②你住。

晏晡唱歌俾偃听，

清早陪偃去跑步。

跑完步，食早餐，

鹇鹇餐，脉介餐？

栗籽任你解嘴馋。

解嘴馋，食肚饱，

肚肢^③饱饱精神好，

陪偃一起去学校。

注释：

①鹇鹇：白鹇鸟，又叫银雉、越鸟，客家山区时见，是国家二级保护动物。羽毛白色，喜食锥栗等坚果，叫声清越。古时多有文人喜欢饲养。唐朝李白就曾写有"请以双白璧，买君双白鹇"的诗句。

②俾：给的意思。

③肚肢：指肚子。

美育创意：

白鹇鸟是岭南地区的珍贵飞禽，它的羽毛洁白如雪，飞姿优雅，叫声清越，是人们心目中凤凰的化身。

这首新编客家童谣通过小学生与鸟对话的拟人形式，描述了白鹇鸟的乖巧可爱，童谣中已把小朋友与白鹇鸟作为好朋友、好伙伴，感染力强，生动有趣。

淮河长①

注释：
① "秦岭—淮河线"是
中国南北地区的分界线。

美育创意：
"秦岭—淮河线"，是中
国南北气候的分界线，
也是中国南方、北方的
地理分界线。这条总长
约1 600公里的分界线，
对中国传统的农业发展
具有很大的作用。
这首新编客家童谣旨在
让少年儿童认识这条重
要的地理分界线。

淮河长，秦岭高，
淮河秦岭线一条。
北雨少，南雨浇，
北产粟麦南产稻。

淮河长，秦岭绵，
淮河秦岭一界线。
候不同，俗相连，
南食大米北食面。

手机迷

手机迷，打游戏，

有打游戏就有事。

肚饿唔使食①，

眼睡也忘记。

手机一放一堆泥，

冇精冇神透大气②。

手机迷，打游戏，

打起游戏就迷醉。

头昏脑涨唔使管，

颈曲背驼唔在意。

日出打到日落岭，

打到眼睛眯眯又流鼻③。

注释：
①唔使食：不用吃饭的意思。
②透大气：唉声叹气的意思。
③流鼻：客家话，流鼻涕的意思。

美育创意：
随着社会经济的快速发展，玩手机、打游戏已是人们日常生活的组成部分，甚至有许多人达到了痴迷的地步。
这首新编客家童谣旨在警示少年儿童不要沉迷于玩手机、打游戏，导致荒废学业，浪费了大好时光。

黄帝歌

二四六八大地黄，

三五七九上天苍。

祖黄帝，轩辕氏，

战蚩尤，斗炎帝；

统一华夏禅泰山，

播种五谷制衣冠；

创音律，造舟车，

野分九州著文化；

有文化，铸大鼎，

大鼎铸成降金龙，

金龙载帝升天空。

骑金龙，升天空，

桥山留下衣冠冢，

陵冢千年柏葱葱①。

注释：

①柏葱葱：指柏树枝条郁郁葱葱，长势茂盛。

美育创意：

黄帝教导远古先民耕种五谷，发展农业；制作衣冠，建造舟车；制定音律、发展医学。

这首新编客家童谣旨在引导少年儿童对黄帝有粗略的了解，以增强民族自信心。

南越王赵佗①歌

南越王，真定郎，
真定郎，真自强；
少年英俊舞刀枪，
十八挂帅定南疆。

南越王，真定郎，
真定郎，有文章；
中原文化播岭南，
又迁万五客家娘。

南越王，真定郎，
真定郎，有主张；
治理南越兵马强，
忠心归汉美名扬。

注释：
① 赵佗（前240—前137）。秦汉时期恒山郡真定县（今河北省石家庄市正定县）人，秦始皇派他担任副帅，带领50万大军平定南越。曾任龙川县令、南海郡尉、南越武王。自封南越武帝，后归顺汉朝，封南越武王，是南越国始创者。

美育创意：
汉代南越武王赵佗是岭南文明的开创者，被誉为"岭南人文始祖"；同时，他带领的50万中原大军和后来朝廷拨遣的15 000名妇女，是客家族群形成的源头之一。
这首新编客家童谣旨在让儿童对南越武王赵佗有大致认识，赞颂他的功绩和归附汉朝的大局意识。

金田起义①

洪秀全②，起金田，
天兵天将除清妖，
除净清妖分禾田。

洪秀全，起金田，
天兵天将战南天，
平定南天建政权。

政权新，立新国，
望太平，号天国。
太平天国冇起色，
清妖反扑冇消息。

孙中山①

孙中山，檀香山②，
发动华侨搬帝山。
推翻清朝立民国，
中华大地换人间。

孙中山，唔怕难，
致力平民把身翻。
民族民生与民权，
天下为公醒世寰。

孙中山，眼光远，
振兴中华立宏愿。
联俄联共扶工农，
唤醒民众千千万。

注释：
①孙中山（1866—1925）：
广东省中山市翠亨村
人，祖上从河源市紫金
县迁徙而来。他领导推
翻清朝封建帝制，建立
中华民国，任中华民国
临时大总统，被尊称为
"中华民国国父"。
②檀香山：属美国夏威
夷群岛。1894年11月，
孙中山在檀香山组织进
步华侨成立"兴中会"。

美育创意：
孙中山是中国革命的先
行者，是中国资产阶级
革命的领导者。他为中
国人民推翻封建帝制、
反抗帝国主义侵略付出
毕生精力。
这首新编客家童谣旨在
让少年儿童认识中国革
命先驱孙中山，记住他
的革命主张和历史功勋。

注释:

①红井:位于江西省瑞金市沙洲坝村。1931年,瑞金成立了中华苏维埃中央政府,曾移驻沙洲坝村。因村民缺水喝,毛主席便亲自带领村民选址挖井,挖出一眼清澈的水井,村民从此便喝上甘甜的井水。因井是红军队伍来到后,毛主席亲自挖的,乡亲们便亲切地称这口井为"红井"。

②毛主席:指毛泽东(1893—1976),湖南湘潭韶山人,中华人民共和国开国领袖。

美育创意:

毛泽东是全国各族人民衷心爱戴的伟大领袖,是他亲手缔造了社会主义中国,使中国人民站起来,使中国强大起来。在土地革命战争时期,他带领军民为江西瑞金沙洲坝村民挖建的甜水井,被人们亲切地称为"红井"。

这首新编客家童谣旨在让人们牢记毛泽东的丰功伟绩,中国人民今天能够过上幸福生活,正是他带领全国人民建立了中华人民共和国。这口"红井"甘甜的泉水滋润着村民。吃水不忘挖井人,幸福不忘毛主席。

红井①水

红井水,清又清,

吃水不忘挖井人。

沙洲坝,旱水河,

村民代代缺水喝。

村里来了毛主席②,

带领村民选井址。

挖井不怕艰和辛,

挖出井水甜又清。

红井水,清又清,

吃水不忘挖井人。

红井水,清又纯,

养育代代沙洲人。

沙洲人,要记取,

幸福不忘毛主席。

竹扁担

竹扁担，四尺长①，
朱德②军长来挑粮。
来回往返上百里，
挑挑军粮上井冈。

竹扁担，四尺长，
唔好累坏好军长。
军长带领谋打仗，
战士偷将扁担藏。

竹扁担，四尺长，
军长唔知战士藏。
唤来战士砍老竹，
星夜做条一样长。
新做扁担号上名，
又同战士去挑粮。

注释：
①四尺长：这里是泛指。
②朱德（1886—1976）：
中华人民共和国开国元
帅，是四川省仪陇县客
家人。

美育创意：
朱德元帅曾任中国工农
红军军长、总司令，他
与红军战士一起用扁担
挑军粮的故事，曾写入
小学教材。
这首新编客家童谣旨在
让人们传颂朱德元帅感
人的事迹，让人们记住
元帅的高尚品格，向老
一辈革命家学习官兵
一致、身先士卒的优
良作风。

冲，冲，冲

注释：
①阿瑟将军：指美国的道格拉斯·麦克阿瑟将军。
②彭大元帅：指彭德怀元帅。
③打三拳：指抗美援朝战争中，志愿军入朝作战的前三大战役。
④汉江：指韩国中部的一条河流，又称韩江。

美育创意：
二十世纪五十年代初，美帝国主义侵略朝鲜，企图扼杀新中国。新中国派遣上百万军队，齐赴朝鲜，与朝鲜军队并肩作战，打败了以美国为首的"十六国"联合国军，宣扬了国威。
这首新编客家童谣以大写意的形式，从侧面反映抗美援朝战争，加强青少年爱国主义教育，让人们记住彭德怀元帅的卓著战功。

冲，冲，冲，
阿瑟将军①称英雄。
二次大战风头足，
入侵朝鲜目中空。

冲，冲，冲，
彭大元帅②真英雄。
阿瑟脸上打三拳③，
烟斗掉入汉江④中。

叶剑英^①

叶剑英，出雁洋，
求学云南讲武堂，
一剑击败小东洋^②。

叶剑英，忠勇刚，
为救人民加入党，
密送情报到南昌。

叶剑英，风尚高，
艰难智斗张国焘；
有勇有谋通消息，
好护红军去抗日。

叶剑英，有风骨，
年近八十勇救国，
策划打倒"四人帮"，
国家大船定航向。

注释：
① 叶 剑 英（1897—1986）：中华人民共和国开国元帅，广东梅县客家人。
②一剑击败小东洋：叶剑英在云南讲武堂求学期间，曾与日本籍教官比赛剑术，打败傲慢的日本教官。

美育创意：
叶剑英元帅是客家人引以为傲的杰出代表，也是毛泽东高度赞扬的有智慧的开国元帅。他在中国革命的进程中，数次为党和国家立下大功，被毛泽东赞誉"诸葛一生唯谨慎，吕端大事不糊涂"。
这首新编客家童谣通过记录叶剑英元帅的几个重要事件，让人们记住他在中国革命的进程中发挥的巨大作用，以及他的历史功绩。

阮啸仙[①]

注释:
① 阮 啸 仙 (1897—1935): 广东河源人。中国共产党早期党员, 革命先烈, 是 "100 位为新中国成立作出突出贡献的英雄模范人物" 之一。
②俚兜: 我们的意思。

美育创意:

阮啸仙是农民运动的早期领导者之一, 也是中国共产党早期为数不多的党员之一。他曾经和毛主席一道, 在广州农民运动讲习所做教员, 为广大学员讲述和传播革命道理, 传授革命方法; 他还是中华苏维埃政府审计部委员会主任, 被人们称赞为 "苏区经济卫士"。

这首新编客家童谣旨在启示少年儿童铭记曾经为革命做出牺牲的先烈, 向先烈学习为革命、为人民献身的精神。

穷人苦,苦无边,
断炊烟,爱变天。
穷人醒,移泰山,
河源有只阮啸仙。
组织学生闹运动,
农讲所里做教员。

瑞金红都开审计,
为党为民严用权。
红军长征坚留守,
赣南突围把躯捐。
俚兜[②]今日享太平,
记住先烈阮啸仙。

袁爷爷^①

袁爷爷，叫隆平，
水稻育种真正行。
一亩打谷超千斤，
多打粮食人人敬。

袁爷爷，叫隆平，
有个绰号^②叫粮神。
一生一世无他求，
只求粮多福世人。

福世人，梦想真，
梦想禾树高天天，
禾下乘凉乐连连。
梦想禾树穗满满，
谷穗粒粒金灿灿。

注释：
① 袁爷爷：指袁隆平（1930—2021），江西省九江市德安县人，中国杂交水稻育种专家，被尊称为"世界杂交水稻之父"。
② 绰号：指外号，这里是昵称或尊称的意思。

美育创意：
袁隆平院士被誉为"世界杂交水稻之父"，他毕生致力于杂交水稻技术的研究、应用和推广，为全国的粮食增产做出巨大贡献，帮助全球克服粮食短缺和饥饿问题。
这首新编客家童谣旨在启迪少年儿童向袁隆平爷爷学习，学习他认定目标、毕生追求的精神，学习他心怀梦想、脚踏实地为人民服务的精神。

冲锋号

注释：
①平型关：1937 年 9 月
25 日，八路军在平型
关对日军进行了一次成
功的伏击，取得首战大
捷，极大地鼓舞了全国
人民的抗日士气。

美育创意：
二十世纪三四十年代，
中国人民进行了一场艰
苦卓绝的抗日战争，中
国共产党领导的八路
军、新四军，在敌后建
立根据地，进行顽强的
抗日斗争，取得一个又
一个胜利。平型关大
捷，就是其中最著名、
最鼓舞人心的胜利。
这首新编客家童谣旨在
让少年儿童对中国人民
的抗日战争有初步的认
知，对八路军英勇作战
的精神有所了解，激发
少年儿童的爱国情怀。

冲锋号，滴滴吹，
队队鬼子乱成堆。
平型关①，摆战场，
八路铁军显神威。

冲锋号，滴滴吹，
鬼子丢枪又丢盔。
看清楚，遇到谁？
子弹炸弹狗命摧。

万绿湖

万绿湖，铺红霞，

水面铺金偃屋侉。

日出东山映湖面，

湖水渺渺闪金花。

月挂夜空沉湖底，

湖底银光照鱼虾。

万绿湖，偃屋侉，

青山绿水真豪华。

阿爸清早收网去，

回来满船是鱼虾。

阿咪①钉篮②入菜园，

青菜瓜果摘回家。

阿公阿婆灶下③煮，

味道新鲜食脱牙④。

注释：

①阿咪：指妈妈。

②钉篮：提篮子的意思。

③灶下：指厨房。

④食脱牙：夸张，指食物吃得牙都掉了。

美育创意：

万绿湖是广东新丰江水库形成的人工湖，因湖水与周围群山、岛屿一年四季都保持绿色而得名，它是河源人热爱的美丽家园。

这首新编客家童谣一是向人们介绍美丽的万绿湖，二是培养少年儿童热爱家乡、热爱祖国大好河山的情怀。

长城谣

注释：

①女孟姜：即孟姜女，孟姜女的传说，一直以口头的方式在民间广为流传。杞梁妻没有子嗣，娘家婆家也都没有亲属，丈夫死后成了孤家寡人。杞梁妻"就其夫之尸于城下而哭之"，哭声十分悲苦，过路人无不感动。十天以后，"城为之崩"。杞梁妻的故事经过六朝隋唐时代的加工，崩城就和秦始皇联系在了一起。

美育创意：

长城是中国古代建设的军事防御工程，被列入"世界文化遗产名录"，是中华民族伟大精神的象征。

这首新编客家童谣旨在让儿童对万里长城有初步认知，以激发他们热爱祖国大好河山的情怀。

长城长城望眼长，

东大海，西沙漠，

大海沙漠渺茫茫。

长城长城有几长？

越山岭，过村庄，

越岭过村万里长。

长城长城几劳伤？

秦朝筑，明朝修，

哭死几多女孟姜①。

长城长城岁几长？

秦时月，汉时关，

关月二千多岁长。

五星红旗

五星旗，红飘飘，

早晨升，飘云霄。

红旗烈士鲜血染，

红旗飘飘人人骄。

大侨家①，要记牢，

红旗红，特自豪②。

红旗飘向全世界，

红旗飘来国歌嘹。

天安门

注释：
①恍恍明：指宽敞明亮。
②对子：指对联。

美育创意：
天安门是北京紫禁城的
南大门，是中华人民共
和国开国大典举行的地
方，也是举行大型纪念
活动的场所。它是国徽
的设计元素之一，是中
国的象征。
这首新编客家童谣通过
对天安门的简略介绍，
让少年儿童对这个伟大
的建筑有初步印象，激
发少年儿童的爱国情怀。

天安门，真雄伟，
建在首都京城里。
它是故宫正大门，
也是中华大国门。

门楼威，真精神，
真精神，有几层？
门楼高高有三层。
雕梁画栋翘飞檐，
金碧辉煌恍恍明①。

天安门，真正美，
图案印在国徽里。
主席画像中间挂，
两边挂副新对子②。
开国大典它见证，
国家盛会它欢喜。
华人有它特骄傲，
外宾见它竖拇指。

祖国版图歌

祖国版图宽又阔，

地图像只大公鸡。

大公鸡，喔喔啼，

啼声从东响到西。

东西南北阔地皮，

地皮東阔^①样般计^②？

地皮九百六十万，

平方公里押尾齐。

祖国版图宽又阔，

地图像只大公鸡。

大公鸡，啼海蓝，

啼声从北响到南，

从北到南海蓝蓝。

海蓝蓝，有几阔？

蓝海阔约三百万，

还按平方公里算。

注释：

①東阔：如此宽广的意思。

②样般计：怎么样计算的意思。

美育创意：

中华人民共和国的版图在地图上看，像一只啼鸣的大公鸡，它有960多万平方公里的陆地面积和470多万平方公里的水域面积。

这首新编客家童谣旨在让儿童了解祖国的版图，增强主权意识，激发爱国热情。

雁鹅来

美育创意：
客家人习惯把大雁亲切地叫做雁鹅。雁鹅带来的秋收季节，是印在人们心中的美好图景。
这首新编客家童谣旨在引导少年儿童热爱生活、热爱大自然，增强其对美好事物的感知能力。

雁鹅来，满地霜，
田野山坑稻谷黄，
山边路边菊花香。

雁鹅来，满地霜，
菊花煮酒过重阳，
重阳登高精神爽。

黄金甲

黄金甲，菊花黄，
唔怕秋风唔怕霜。
霜天花开丛丛黄^①，
秋风花气阵阵香。

注释：
①丛丛黄：指黄色尤其
醒目。

美育创意：
菊花是花中最具君子品
格的花，它不怕风雨，
不怕寒霜，每到金秋时
节，便一丛丛、一簇簇
开满田野、丘岗，甚是
可爱。
这首新编客家童谣是让
少年儿童萌发对菊花的
钟爱之情，进而认识菊
花所代表的文化内涵。

牡丹花

注释：
①冲天香：指香味弥漫在空气中。

美育创意：
牡丹花是花中之王，它气质雍容华贵、清香沁人心脾，特别是在盛唐时期的京都洛阳，植赏牡丹成为一种文化风尚，许多著名诗人都写下作品赞美牡丹。
这首新编客家童谣旨在让少年儿童对牡丹花有粗略的认知，并对牡丹产地有一定的了解，提高审美趣味。

牡丹红，牡丹香，
三月花开满洛阳。
伊河洛水和邙山，
滋长牡丹醉人间。

牡丹红，牡丹香，
花开满城冲天香①。
花开富贵娇姿容，
赏客流连醉花丛。

红梅花

高山崖，红梅花，
霜唔怕，雪唔怕，
紧迎①霜雪来开花。

高山崖，红梅花，
铁骨骨，花簇簇，
铁骨花簇清气嘉。

高山崖，红梅花，
迎春到，花热烈，
热烈品格好国花。

注释：
①紧迎：赶着时候、恰逢的意思。

美育创意：
红梅是中国人非常喜爱的报春花，它不怕严寒，顶着霜雪开放，给人们带来春的气息与生活的希望，它傲雪凌霜的品格最受人们的敬佩。这首新编客家童谣除了让少年儿童对梅花有所认知外，还重在让少年儿童认同红梅的高贵品格，提高品德修养。

木棉花，绯绯红

注释：
①佢：第三人称的指代词，"他""她"或"它"的意思。

美育创意：
木棉是英雄树、英雄花，它高大挺拔，花枝向上，花朵红硕，花瓣不脱落。木棉花开时，给人一种精神焕发、积极向上的感受。
这首新编客家童谣旨在让少年儿童学习木棉花正直、热烈的英雄品格。

木棉花，绯绯红，

朵朵精神向天空。

树高大，枝叶浓，

唔怕雨水唔怕风。

木棉花，绯绯红，

朵朵灿烂好笑容。

经寒霜，迎春风，

人人夸佢①树英雄。

蒲公英

身轻轻，蒲公英，
头上擎①把小伞伞，
辞别妈妈去旅行。

去旅行，蒲公英，
小伞带它飞啊飞，
从早飞到月儿明。

月儿明，风儿轻，
山野青青溪水清，
不如就此来扎营。

扎下营，心绪平，
心绪平平把根生。
把根生，牙盈盈，
春风吹来绿茵茵。
绿茵茵，丛丛生，
新新一片蒲公英。

注释：
①擎：举着，表示用手往上举起、托住或拿着的意思，比如"擎遮里"指撑伞。

美育创意：
每逢蒲公英花籽成熟的季节，摘下路边呈绒球状的小花，放在手心，轻轻一吹，一朵朵小伞便带着花籽自由飘飞，飘落到田沟地头、山岗路边，就会在那里生根发芽，长出新的一丛蒲公英。
这首新编客家童谣描绘了自由自在的蒲公英，洁白小伞带着花籽在空中飞翔，传达给儿童天真烂漫的气息。

乌柏红

注释：
①兜兜：指株株。
②睇：看。
③黎鸡：乌白鸟的别称。

美育创意：
乌柏树是秋天红叶的树种之一，它的霜叶红于人们熟知的枫叶，是人们寄托乡愁的载体之一。乌白鸟又叫黎鸡，"月落乌啼霜满天"中的"乌"指的就是乌白鸟，它在夜间啼鸣，也是乡愁的载体。

这首新编客家童谣旨在让人们对乌柏树、乌白鸟的独特之处有所了解，让人们萌生对家乡的思念。

深秋风，霜花浓，
半山艳艳火样红。
火样红，脉介红？
乌柏染霜兜兜①红。

兜兜红，好好睇②，
引来黎鸡半夜啼。
黎鸡③啼，声朦胧，
声声伴偃入梦中。

油菜花

油菜花，山脚下，
一片一片开金花。
开金花，引蜜蜂，
蜜蜂嗡嗡采花丛。

细妹妹，喊阿公①，
快去看花看蜜蜂。
路上看到黄蝴蝶，
追到花丛冇影踪。

注释：
①阿公：指爷爷，也是对男性长者的尊称。

美育创意：
油菜花开花的季节，正是温暖舒适的春天，是蜜蜂、蝴蝶繁忙热闹的季节，也是人们外出赏花踏青的好时节。
这首新编客家童谣通过描写油菜花开之时"细妹"与"阿公"外出赏花追蝶的场景，诱发儿童热爱春天、热爱生活的审美情趣。

凤凰树

注释：
①叶羽羽：指叶子翠绿茂盛。
②冠华华：指树冠开满红花。

美育创意：
凤凰树是热带树种，原产地在马达加斯加，是马达加斯加的国树、国花，也是我国许多城市的市树、市花。凤凰树羽状的叶子像凤凰的羽毛，红色的花朵又像凤凰的头冠。它在我国最早引种于澳门凤凰山，故名凤凰树，是客家地区常见的树种。
这首新编客家童谣旨在让儿童认识凤凰树的外观和作用。这首童谣作品曾经发表在"中国诗歌网"。

凤凰树，披红霞，
满树火红开盛夏。
叶羽羽①，冠华华②，
国树市树名校花。

凤凰树，披红霞，
鲜鲜艳艳色无邪。
籽褐褐，响沙沙，
全身是宝都爱它。

放风筝

树绿绿，草青青，
爸爸教𠊎放风筝。
放风筝，把线牵，
风筝快快飞上天。
风筝多，真新鲜，
有扬叶①，有鸟鸢；
有飞机，有飞船；
有蜈蚣，有婵娟。
风筝多多飞满天，
草坪热闹笑声连。

注释：
①扬叶：指蝴蝶。

美育创意：
放风筝是从古代流传至今的游戏活动。每当天晴气朗，一家人到郊外草地上去放风筝，风筝高高飞起的时候，就是一家人放飞快乐心情的时候。

这首新编客家童谣启迪家长，儿童的快乐成长离不开游戏，更离不开家人的陪伴。这首童谣作品曾入选童谣童诗专辑《诗与远方》第58期。

彩虹

美育创意：
彩虹是一种常见的光学现象，也是儿童好奇而又喜爱的景观，好奇于它的美丽，好奇于它的光彩夺目。
这首新编客家童谣旨在让儿童对彩虹有粗略的认知，并激发儿童的好奇心。

一阵雨，一阵风，
东雨蒙蒙西晴空，
晴空高高挂彩虹。

彩虹妹，彩虹姊，
赤橙黄绿青蓝紫，
双双彩带空中舞。

舞东方，舞西方，
舞醉西方红斜阳，
照得晚霞亮又光。

猴子捞月

吱吱啊，吱吱啊，
圆圆月亮掉井啦。
掉井啦，掉井啦，
小猴叫来大侪家①。

掉井啦，真糟糕，
快想办法把月捞。
老猴倒挂大树梢，
大猴小猴往下吊。

小猴吊到井水面，
一捞碎了月不见。
月碎了，看不见，
老猴累得气喘喘。

气喘喘，抬头看，
天上仍挂月圆圆。
月圆圆，再看看，
原来月影倒水面。

注释：
①大侪家：大家的意思。

美育创意：
《猴子捞月》是小朋友们熟悉的童话故事，故事表现了猴子的善良、天真和合作精神。
这首新编客家童谣用童谣的形式再现《猴子捞月》的故事。

小黄龙

注释：
①侪家：大家的意思。

美育创意：
这首新编客家童谣通过
描写"小黄龙"，引导
少年儿童形成意志刚
强、勤学肯干的优良品
格。这首童谣作品被评
为"第一届世界华语童
谣童诗大赛"优秀作品。

小黄龙，头昂昂，

满身鳞甲闪金光，

牙齿白白眼睛亮；

腿脚硬，锋芒芒，

龙角尖尖有力量。

小黄龙，头昂昂，

驾朵白云走四方。

心胸阔，意志刚，

有知识，本领强。

侪家①都是龙传人，

学好知识身健康，

长大爱把天下闯。

花树好

花树好，花树大，
花树茂，好多花；
花儿美，大树遮，
花儿香香大树华。

花树好，花树大，
大花树，倕国家，
小花朵，倕屋俖；
国安稳，屋俖全，
国富足，屋俖安，
国强大，阖家欢。
倕兜①都爱小屋俖，
倕兜更爱大国家！

注释：
①倕兜：我们的意思。

美育创意：
家庭是社会和国家的组成部分，国家是家庭的大厦，是每个家庭快乐安康的基石。热爱祖国是每个公民应当遵循最基本的道德准则。
这首新编客家童谣以大花树与小花朵的关系比喻国家与家庭的关系，意在让少年儿童明白国家与家庭荣辱与共的关系，从而使其萌生热爱祖国的情怀。这首童谣作品曾获"第二届世界华语童谣童诗大赛"三等奖。

找春天

美育创意:

春天是万物复苏、百花齐放的季节,阳暖花香,莺歌燕舞,大地一片生机盎然,令人精神焕发。

这首新编客家童谣通过对"找春天"的虚拟描写,引发人们热爱春天的情感。

真新鲜,找春天,
春天藏在草尖尖。
草尖尖,找不到,
团团转转找春天。

真新鲜,找春天,
春天藏在花朵间。
花朵朵,找不到,
团团转转找春天。

真新鲜,找春天,
春天藏在山泉边。
泉涓涓,找不到,
团团转转找春天。

真新鲜,找春天,
春天燕子舞翩翩。
舞翩翩,找不到,
春天就在你身边。

登月车①

月光②华华，
火箭搭载登月车。
火箭飞向天，
屎忽③喷火又喷烟。
火箭飞得远，
绕稳月光圈圈转。

月光华华，
月光着陆登月车。
车仔冲冲冲，
插面红旗耀月宫。
车仔钻钻钻，
挖块岩土回家转。

注释：
①2020年11月24日，我国"长征五号"运载火箭搭载"嫦娥五号"登月探测器发射成功，成功到达预定轨道，并在月球着陆，在月球插上第一面五星红旗，完成月壤采样任务后顺利返回地球。
②月光：月亮的意思。
③屎忽：屁股或尾巴的意思。

美育创意：
"嫦娥五号"登月探测器的成功发射与顺利返回，是中国在探测月球乃至探测太空方面的重大突破，是具有划时代意义的壮举。
这首新编客家童谣记录了这一壮举，让少年儿童萌生对航空航天科技的好奇心，激发求知欲。

快递哥

货好多，快递哥，

骑辆摩托人海过。

一货一货快送去，

一货慢送冇好气①。

冇好气，冇脾气②，

寻食两餐③唔容易。

荡秋千

荡秋千，高又高，
一荡荡到榕树梢。
树梢小鸟喳喳问：
小妹飞得比𠊎高，
难道你也长羽毛？
小鸟小鸟真好笑，
人身哪能长羽毛？
那是哥哥用力推，
才荡小妹到树梢。

美育创意：

荡秋千是一项历史悠久的体育活动，它既能增长儿童的勇气，又能愉悦身心。

这首新编客家童谣以"小鸟"与"小妹"在荡秋千时的对话形式，描绘兄妹荡秋千的欢乐场景，鼓励少年儿童多参加户外活动。这首童谣作品曾参加"第四届世界华语童谣童诗大赛"，并发表于"中国诗歌网"。

手拉手

美育创意：
幼儿园里的小朋友，无论是在上学的路上，做游戏的操场上，还是在去郊游的路上，都常常手拉手，这是幼儿教育中培养团结友爱精神的最基本的动作。
这首新编客家童谣旨在帮助小朋友认识"手拉手"的作用，教导他们团结友爱。

天上云朵手拉手，
花园花朵手拉手。

幼儿园，多朋友，
大家一起手拉手。

手拉手，上学走，
按时上学唔落后。

手拉手，做游戏，
唔争唔抢有秩序。

手拉手，去郊游，
听从指挥唔打斗。

天上云朵手拉手，
花园花朵手拉手。

幼儿园，交朋友，
新交朋友手拉手。

大家一起学知识，
团结友爱才长久。

月光华华

月光华华，

点火养猪嫲。

猪嫲勃勃大，

扛到岩下^①卖；

猪嫲唔抵钱^②，

扛归来过年；

年唔到，节唔到，

全家想到冇计较^③。

注释：

①岩下：龙川县岩镇镇街圩俗称岩下，是龙川县四大古街之一，现被枫树坝水库淹没。

②唔抵钱：不值钱的意思。

③冇计较：没有办法的意思。

美育创意：

这首新编客家童谣是作者根据回忆记录的童谣，从侧面反映了世代客家人勤劳而又艰辛的生活。

老鹰抓小鸡

注释：
①侨家：大家的意思。

美育创意：
老鹰抓小鸡这一流传甚
广的游戏，既能培养儿
童团结协作的集体主义
精神，又能培养其机智
应变能力。
这首新编客家童谣旨在
启迪少年儿童多多呼朋
引伴，培养集体精神。

叽叽叽，在哪里？

快快来，在这里；

在这里，做游戏，

来玩老鹰抓小鸡。

叽叽叽，在哪里？

快快来，在这里；

排好队，跟母鸡，

忽跑东，忽跑西；

急到老鹰冇计施，

侨家①玩到笑嘻嘻。

月光光　曦华华

月光光，曦华华，

问下姐姐耐久①嫁？

耐久嫁？嫁去哪？

一嫁嫁到榕树下。

鸡公砻谷狗踏碓，

猫公烧火鸭炒菜，

猴哥上树拗焦柴②，

老拐过河割韭菜。

茶一杯，酒一杯，

喝醉哩，好去归，

𠊎送阿姐来去归。

注释：

①耐久：什么时候的意思。

②拗焦柴：指用力掰断干柴。

美育创意：

在客家地区，在"姐姐出嫁"这个热闹的时刻，弟弟妹妹总是乐于帮忙做一些差事。

这首新编客家童谣通过描写"姐姐出嫁"这一热闹场景，营造了亲戚邻里分工协作的团结气氛，让少年儿童重视亲情。

拉大锯

美育创意:

"拉大锯"和"砻谷悉嗦"都是客家地区流行的大人与小孩互动时吟唱的童谣,内容形式多样,但大致相近。儿童骑坐在大人的大腿上,大人拉着儿童的双手,像拉锯子一样缓缓地来回拉送,歌声伴随儿童快乐成长。

这首新编客家童谣不失时机地将读书学习的重要性融入其中。

拉大锯,送大锯,

你来拉,𠊎送去,

拉一锯,送一锯。

细仔快快大,大来有马骑。

骑条白马走天下,

学会文章学题诗。

捉迷藏

点指短长，

来捉迷藏，

点中做狼，

其他做羊。

老狼蒙眼，

小羊快藏。

快快藏好，

别让盯上，

谁被捉住，

谁来做狼。

美育创意：

捉迷藏是儿童喜爱的游戏，它一方面可以增进感情，另一方面可以增长智慧。

这首新编客家童谣旨在烘托游戏时的快乐气氛，增进友谊。

老鼠娶新娘

注释:

①讨新娘:指娶新娘。

②喇:喝的意思。

③咄:指吮吸的动作。

美育创意:

在农耕社会里,"老鼠"是不受欢迎的对象,它们在阴暗中生活,不劳而获的品性都令人生厌。这首新编客家童谣通过刻画反面形象警醒人们勤劳致富才能过上美好的生活。

老鼠哩,尾巴长,

滴滴打打讨新娘①。

讨到新娘冇床睡,

只好两人睡土墙。

讨到新娘冇米煮,

只好餐餐食谷糠。

讨到新娘冇柴烧,

只好灶下烧竹篙。

讨到新娘冇奶喇②,

整日咄③到拳头——

叭,叭,叭。

绣观音

月光光，照巷径①，
巷径暗，跌落坑。
坑壁有枚针，
捡起阿婆绣观音。
照观音，绣观音，
绣好观音俾耐人②？
绣好观音挂厅堂，
观音好靓人人敬。
敬重观音心气灵，
心气灵灵修好人。

注释：
①巷径：指屋与屋之间连通的小巷。
②俾耐人：指给哪个人。

美育创意：
观世音菩萨在人们心中是爱心和善良的化身，在中国世俗社会中受到广泛尊崇。
这首新编客家童谣通过对绣观音和敬观音的描写，教育儿童要有一颗向仁向善的心，以仁慈之心提高自身修养。

洋油①灯

注释：
①洋油：指煤油。
②唔使：不用、不要的意思。

美育创意：
"洋油灯"是在电灯普及之前，客家山区人民的照明工具，它的燃料是"煤油"，旧时都得靠进口，故老百姓把煤油叫做洋油，把煤油灯称为洋油灯。
这首新编客家童谣除让人们认识洋油灯，还有绕口令的意味，可以锻炼儿童的语言能力。

洋油灯，夜夜光，

你卖冰糖偓卖姜。

姜丝粥，煲糖粥；

糖粥甜，唔使②盐；

糖粥香，唔使姜；

糖粥辣，放萝卜。

小麻雀

小麻雀，心事多，
一心想嫁雕大哥^①。
嫁去南山嫌路远，
嫁去北山嫌桥多。
日晨^②听到乌鸦叫，
夜晡^③听到水唱歌。

注释：
①雕大哥：老鹰的意思。
②日晨：指白天的意思。
③夜晡：指晚上。

美育创意：
有些人时常存在不切实
际的幻想，对人或对事
挑三拣四，这会导致一
事无成。
这首新编客家童谣通过
描写"小麻雀"的心事，
启示儿童脚踏实地。

两姐妹

注释：
①踏唔起：踏不动的意思。
②娭毑：指奶奶。

美育创意：
梁山伯与祝英台的故事在客家地区耳熟能详，这些故事常从他们如何勤奋读书切入，从侧面反映出客家人崇文重教的风尚与耕读传家的优良传统。
这首新编客家童谣正是借用梁山伯与祝英台的故事，启迪少年儿童要好好读书，将来才能出人头地。

两姐妹，踏米碓，
踏唔起①，去喊娭毑②来。
娭毑河边洗韭菜，
两条龙船慢慢来。
大船载到梁山伯，
细船载到祝英台。
梁山伯哩祝英台，
年年送偓读书来。
偓读三年唔识字，
你读三年做官来。
做官就做官，
骑条白马下龙川。
龙川路好远，
骑马跑去又跑转。
跑上天，做神仙，
跑下地，做土地，
跑下河，见到龙王着绫罗。

牛仔哩

牛仔哩，硬角角①；
唔读书，打彳亍②。
自来火③，拎唔着④；
食粄皮，又嫌薄。
冇本事，冇着落；
走江湖，卖膏药。
膏药唔好卖，
冇食又冇着。

注释：
①硬角角：指脾气倔，不听教育。
②打彳亍：指整日游手好闲，无所事事。
③自来火：指火柴。
④拎唔着：指划不着火。

美育创意：
客家人把初出茅庐、倔强不听劝的少年称为"生教牛哩"，即"牛仔哩"。
这首新编客家童谣通过描述"牛仔哩"一系列不靠谱的行为，启示少年儿童做事情不能见异思迁，否则将会一事无成。

落大水

注释：
①娭毑：指奶奶。
②省冲冲：高兴的意思。
③省脉介：高兴什么的
意思。
④佢话：他说的意思。

美育创意：
在广阔的乡村田野里，
每逢春雨过后，都会响
起阵阵蛙鸣。有诗言：
"稻花香里说丰年，听
取蛙声一片。"这个时
节，有经验的农夫能根
据蛙声的稠密程度判断
粮食的丰收情况。
这首新编客家童谣旨在
引起少年儿童对农业生
产的好奇心，培养其关
心农业生产、关心田野
乡村的情感。

落大水，刮大风，

蛤蟆蟀哩嫁老公。

三日三夜嫁唔出，

四日四夜噪耳聋。

娭毑①听到心好烦，

阿公听到省冲冲②。

你问阿公省脉介③？

佢话④今年唔会穷。

细佬妹^①

细佬妹，唔好叫^②，

过年来偓屋侪嬲^③。

从年嬲到出十五，

十五嬲到斑鸠叫。

斑鸠叫，鹧鸪叫，

嬲到胡瓜^④豆角当当吊。

注释：

①细佬妹：指小妹妹。

②唔好叫：不要哭闹的意思。

③嬲：玩耍的意思。

④胡瓜：指苦瓜。

美育创意：

每个地方都有自己独特的摇篮曲。客家摇篮曲版本众多，各具特色。这首新编客家童谣便类似摇篮曲，能够滋润儿童的心灵。

萤火^①，哗卜^②

注释：
①萤火：指萤火虫。
②哗卜：指一闪一闪。
③胡瓜：指苦瓜。

美育创意：
客家地区会把萤火虫称作"萤火"。在凉爽的夏夜，萤火虫一闪一闪地在屋门前的地堂上空飞来飞去，像天上的星星，引起儿童无限的好奇、无穷的想象。

这首新编客家童谣描写了夏夜在厅堂前吃饭的主人公与萤火虫的对话，体现了儿童纯真、善良的心灵。

萤火，哗卜，

下来，食肉。

食脉介菜？

胡瓜^③炒肉。

查莲子①

查莲子，子连天，

查到观音壁面前。

水渺渺，入茶壶；

茶东水②，水瓜蒲。

左手翻翻转，

右手到河源；

河源到小海③，

小海到木棉④，

木棉树下挂金钱。

挂一百，挂一千，

问下雷公劈耐边。

左手，右手，

十二将军齐举手。

（问：古灵精怪耐谁边？

答：左手边或右手边。）

注释：

①这首童谣是游戏时吟唱的。游戏开始时，儿童围成一圈，其中一人手拿小东西在圈外转，众人边唱童谣，边背着双手准备接拿小东西，偷偷揣在手里。游戏过程中，圈外的人提问，圆圈排头的人回答，答错了要表演节目，并接下传藏的小东西；答对了则由前面的小孩继续传藏小东西。

②茶东水：指茶水满了从杯或碗中快溢出的状态。

③小海：地名，在珠江口附近。

④木棉：地名，旧时惠州、广州都有叫木棉的地方。

美育创意：

客家围龙屋往往居住着上百人，儿童聚在一起做游戏显得尤为热闹。这首新编客家童谣既能增添游戏的快乐，又使儿童对河源东江水的流向有所认识。

番鬼佬

注释：

①闯还：闯入或闯进的意思。

②屎忽：指屁股。

美育创意：

在十九世纪中后叶，积贫积弱的清朝已腐朽，英、法等国家发动了侵略战争。客家人反抗英帝国主义侵略的英雄壮举鼓舞了国人，如发生在香港元朗地区客家人抗击英军的战斗，就在一定程度上打击了英军的气焰。

这首新编客家童谣反映客家人反抗帝国主义侵略的大无畏精神，也鼓舞少年儿童培养爱国爱乡的情怀。

番鬼佬，

头毛赤；

鼻公勾，

蓝眼闪。

闯还①中国龙神吓，

屎又出，尿又出，

寻块黄泥塞屎忽②。

月光光

月光光，秀才郎；

骑白马，过莲塘。

莲塘背，种韭菜；

韭菜黄，晒地堂。

地堂暗，跌落坑；

坑沥头，撑黄牛。

黄牛叫，去供猫；

猫咪咪，去供鸡；

鸡归埘①，去唱戏。

唱戏唱得好，天光起床早；

起早好做工，鸭嫲搭鸡公。

鸡公直眼睡②，檐蛇③走得哈④。

檐蛇急忙忙，撞到海龙王；

龙王做生日，猪肉豆腐流水席。

注释：
①鸡归埘：指鸡回到鸡窝里。
②直眼睡：打盹的意思。
③檐蛇：指壁虎。
④哈：累的意思。

美育创意：
过去客家人大都居住在偏僻的山区，每到晚上，到处一片漆黑；只有月明的晚上，乡村才呈现光明。明月对于儿童来说，具有母性的光辉，使其心灵得到抚慰，因此《月光光》的童谣版本众多。
这首新编客家童谣加入了乡村农家的元素，重在启示人们勤劳做事才能过上好日子，让儿童养成勤劳的习惯。

红羽鸟

注释：
①爱去归：指要出嫁。
②笛响：指唢呐等乐器
声。
③花边：指银圆。

美育创意：
"红羽鸟"是指长有红
色羽毛的鸟类，它不专
指某一种鸟。在客家山
区，长有红色羽毛的鸟
很常见，如血雉、红腹
锦鸡等。它们都是非常
漂亮可爱的鸟类。
这首新编客家童谣用
"红羽鸟"来形容十八
岁的新娘，通过对"红
羽鸟"各种行为的描
写，展现她的娇媚与
矜持。

红羽鸟，

红绯绯。

十八岁，

爱去归①。

冇鞋帽，

唔上轿。

冇笛响②，

唔拜堂。

冇花边③，

唔食饭。

冇花被，

唔上床。

蔬菜锁歌

来来来，做游戏，

促出锁，你答题。

脉介①锁？脉介题？

蔬菜锁，蔬菜题。

准备好，就开始：

脉介生来一丛丛？

韭菜生来一丛丛。

脉介泥下毛茸茸？

芋头泥下毛茸茸。

脉介老来白头翁？

冬瓜老来白头翁。

脉介熟来红通通？

辣椒熟来红通通。

脉介生来着紫衣？

茄子生来着紫衣。

脉介生来皱面皮？

胡瓜生来皱面皮。

注释：
①脉介：什么的意思。

美育创意：
客家童谣的"锁歌开歌"，通过一问一答的形式，针对各种事物特征进行问答比赛，以增强人们对事物的认知。这种游戏灵活有趣，让少年儿童在吟唱对答童谣的过程中，熟悉各类蔬菜，寓常识于游戏中。

脉介生来两条龙？

豆角生来两条龙。

脉介生来吊灯笼？

金瓜上架吊灯笼。

花锁歌

来来来，做游戏，

𠊎出锁，你答题。

脉介①锁？脉介题？

出花锁，答花题。

准备好，就开始：

脉介花开节节高？

芝麻花开节节高。

脉介花开着红袍？

木棉花开着红袍。

脉介花开吹喇叭？

牵牛花开吹喇叭。

脉介花开香万家？

桂树花开香万家。

脉介花开簕②刺人？

月桂花开簕刺人。

脉介花开冇时停？

日日红花开冇停。

注释：

①脉介：什么的意思。

②簕：针刺的意思。

美育创意：

客家童谣的"锁歌开歌"，通过一问一答的形式，针对各种事物特征进行问答比赛，以增强人们对事物的认知。这种游戏灵活有趣，让少年儿童在吟唱对答童谣的过程中，熟悉各类花卉，寓常识于游戏中。

脉介花开不怕雪？

红梅花开不怕雪。

脉介花开最热烈？

牡丹花开最热烈。

水果锁歌

来来来，做游戏，

𠊎出锁，你答题。

脉介锁？脉介题？

出果锁，答果题。

准备好，就开始：

脉介果熟黄澄澄？

柑橘果熟黄澄澄。

脉介果熟比蜜甜？

荔枝果熟比蜜甜。

脉介果哩一梳梳？

香蕉果哩一梳梳。

脉介果哩佛①过多？

石榴果哩佛最多。

脉介果哩满身簕②？

榴莲果哩满身簕。

脉介果哩脆切切？

沙梨果哩脆切切。

注释：
①佛：指果核。
②簕：针刺的意思。

美育创意：
客家童谣的"锁歌开歌"，通过一问一答的形式，针对各种事物特征进行问答比赛，以增强人们对事物的认知。这种游戏灵活有趣，让少年儿童在吟唱对答童谣的过程中，熟悉各类水果，寓常识于游戏中。

脉介果熟心绯红？

西瓜果熟心绯红。

脉介果熟吊酒瓮？

柚子果熟吊酒瓮。

禽鸟锁歌

来来来，做游戏，

偓出锁，你答题。

脉介锁？脉介题？

出鸟锁，答鸟题。

准备好，就开始：

脉介鸟雀阵阵飞？

雁鹅向南阵阵飞。

脉介鸟雀春天归？

燕子飞去春天归。

脉介鸟雀食禾虫？

禾花鸟雀食禾虫。

脉介鸟雀头顶红？

丹顶仙鹤头顶红。

脉介鸟雀着青衣？

翠鸟生来着青衣。

脉介鸟雀像飞机？

老鹰天上像飞机。

美育创意：

客家童谣的"锁歌开歌"，通过一问一答的形式，针对各种事物特征进行问答比赛，以增强人们对事物的认知。这种游戏灵活有趣，让少年儿童在吟唱对答童谣的过程中，熟悉各类鸟雀，寓常识于游戏中。

脉介鸟雀叫咕咕？

斑鸠鸟啼叫咕咕。

脉介鸟雀咕咕呱？

鹧鸪鸟叫咕咕呱。

腊八谣

细满仔①，嘴莫馋，

过了腊八就过年。

腊八粥，唰②几天，

唏唏嗦嗦二十三。

二十三，买新衫；

二十四，理发去；

二十五，磨豆腐；

二十六，劏猪肉③；

二十七，炸油糍；

二十八，爆米花。

大年到了二十九，

劏鸡劏鸭④煮黄酒；

年三十，团圆席，

初一初二探亲戚。

注释：

①细满仔：指小孩。

②唰：喝的意思。

③劏猪肉：杀猪的意思。

④劏鸡劏鸭：杀鸡杀鸭的意思。

美育创意：

在过去物资匮乏的年代，儿童时常饥肠辘辘，春节就自然成为儿童向往的节日。过年除了能吃到难得的鸡鸭鱼肉外，有新衣新鞋穿，还能收到大人给的压岁钱，再加上过年的娱乐游戏活动，真是快乐无比。

这首新编客家童谣，通过对自腊八至年初二过年活动的描写，展现传统春节的热闹场景，让人们回忆过去的岁月以及传统的年俗文化。

桃树花，李树花

注释：
①昨晡：昨天的意思。
②今晡：今天的意思。
③爷娭：指爸爸妈妈。

美育创意：

人生无常，行孝及时。常言道"树欲静而风不止，子欲养而亲不待"，这是人生非常遗憾的事情。平时人们杂事缠身，总是将侍奉双亲置于身后，等到真正醒悟时，双亲已不知不觉老去、离去了，这多么令人悔恨。

这首新编客家童谣旨在提醒少年儿童要珍惜时光，及时侍奉双亲、践行孝道。

桃树花，李树花，

红红白白满树花。

一场大雨一场风，

千花万花一夜空。

昨晡①看花花红好，

今晡②花落只看草；

子女大哩大人老，

孝顺爷娭③爱赶早。

孝爷娭，爱陪伴，

唔贪好食着好衫，

唔贪钱财盆钵满，

只求和顺家平安。

斑鸠鸠

斑鸠鸠，闹啾啾，

大哥喊𠊎去牵牛。

黄牛水牛牵唔走，

大哥喊𠊎去赶狗。

大狗小狗唔出屋，

大哥喊𠊎打纸爆^①。

爆竹一响叭叭声，

大哥喊𠊎去点灯。

红灯花灯亮堂堂，

大哥今日做新郎。

做新郎，娶新娘，

靓新娘，有分糖，

欢欢喜喜闹洞房。

注释：
①纸爆：指鞭炮。

美育创意：
春天是斑鸠鸟繁殖的热闹季节。在乡村的山野里时常传来斑鸠优美的鸣叫声，此起彼伏，与乡村的春耕劳作声交织在一起，烘托乡村美丽的春景。

这首新编客家童谣以斑鸠起兴，通过描写"大哥"结婚前的准备安排以及"𠊎"的消极应付，反映出"𠊎"小气自私的心理，给儿童一定的思想启发。

砻谷悉嗦

砻谷悉嗦，

簸米落镬①。

前镬煮粥，

后镬焖肉。

粥稠滚滚，

肉香喷喷。

有冇偓介份②？

冇，冇，冇。

快滴拿秆扫③，

稀里哗啦打烂镬头灶。

落雨天

落雨天，外婆边，
外婆欢喜捡花边①。
捡出花边𠊎唔爱，
𠊎爱谷种好种禾，
𠊎爱牛牯②好耕田。

注释：
①花边：指银圆。
②牛牯：指公牛。

美育创意：
外婆是儿童心灵深处最
为慈祥、最为温暖的长
者角色。这首新编客家
童谣刻画了一个智慧少
年的形象，他寻求自力
更生，谋划发展，

儿儿睡

注释：
①昧叫咀：不要哭叫的
意思。
②爷娓：指爸爸妈妈。
③浸贝：龙川县岩镇镇
老街圩所在地。

美育创意：
各地摇篮曲异彩纷呈，
各具特色。这首新编客
家童谣是作者家乡的摇
篮曲，经过改编后更能
体现乡土气息，具有独
特的乡愁意味。

儿儿睡，昧叫咀①，
爷娓②早早下浸贝。
浸贝③街，卖青菜，
卖了青菜买糖饼，
买归糖饼接老妹。
老妹乖，快快睡，
昧叫咀，静静睡。

蟾蜍啰

蟾蜍啰，咯咯咯，
唔勤快，蹭磨磨。
唔锻炼，背驼驼，
唔讲卫生麻面哥。

蟾蜍啰，咯咯咯，
唔出门，死田螺。
唔实在，想天鹅，
唔肯读书冇老婆。

美育创意：
蟾蜍又叫做癞蛤蟆，因为其行动迟缓，白天常隐藏在阴暗潮湿的地方，又因其外貌丑陋，常常被人们视作负面形象嘲讽。

这首新编客家童谣通过描写蟾蜍啰，启示少年儿童养成勤奋、讲卫生、阳光活泼、努力学习的好品格。

掌牛仔

注释：

①衰仔：指不听话的倒霉小孩。

②大镬锣：指闯大祸。

③打戌：打屁股的意思。

美育创意：

少年儿童的专注力太多数情况下不够集中，好奇心使他们被周围的许多事物吸引，很容易分散精力，往往会做错事，闯大祸。

这首新编客家童谣通过描写"掌牛仔"不集中精力放牛导致牛吃了别人家的禾苗，启示少年儿童无论做什么事都要专心。这首童谣作品曾入选"第一届世界华语童谣童诗大赛"。

掌牛仔，古怪多，

撩过花眉弄鹪哥。

东蹭蹭，西磨磨，

唔肯专心牛过河。

牛过河，踩人禾，

冇草食，食人禾。

今回衰仔①大镬锣②！

上屋叔公喊打戌③，

下屋叔婆喊赔禾。

种番薯

先生教𠊎读书，

𠊎帮先生种番薯。

番薯红，番薯大，

揩①两箩，上街卖。

上街卖唔得，

揩归自家②食。

自家食，自家煮，

日日餐餐食番薯，

食到先生肥嘟嘟。

注释：

①揩：担的意思。

②自家：自己的意思。

美育创意：

少年儿童在成长的过程中养成既热爱读书又热爱劳动，还懂得尊重师长的良好习惯，这样长大后，才会有好的前程，做出一番事业。

这首新编客家童谣旨在启示少年儿童养成尊重师长、热爱学习、热爱劳动的好习惯。这首童谣作品曾入选"第一届世界华语童谣童诗大赛"。

附 录

刘沅声先生以客家民俗及童谣为题材创作的一系列泥塑作品

小河

小学堂

小学堂

补镬头

对歌

炙酒

告糖客

放米

卖猪条

磨豆腐

照砂虫

山外

仙人粄

戽水

等路

砻谷

喝喜酒

捉滑哥

健妇把犁